A MORTE DO CALOURO

CECILIA VASCONCELLOS

A MORTE DO CALOURO

ROCCO
JOVENS LEITORES

Direitos desta edição reservados à
EDITORA ROCCO LTDA.
Av. Presidente Wilson, 231 – 8º andar
20030-021 – Rio de Janeiro, RJ
Tel.: (21) 3525-2000 – Fax: (21) 3525-2001
rocco@rocco.com.br
www.rocco.com.br

PREPARAÇÃO DE ORIGINAIS
Stella Florence

CAPA
Igor Campos

PROJETO GRÁFICO
Ana Paula Daudt Brandão

Printed in Brazil/Impresso no Brasil

CIP-Brasil. Catalogação na fonte.
Sindicato Nacional dos Editores de Livros, RJ.
V446m Vasconcellos, Cecilia
A morte do calouro / Cecilia Vasconcellos. - Primeira edição
- Rio de Janeiro: Rocco Jovens Leitores, 2011.
ISBN 978-85-7980-042-9
1. Literatura infantojuvenil brasileira. I. Título.
10-2707. CDD - 028.5 CDU - 087.5

O texto deste livro obedece às normas do
Acordo Ortográfico da Língua Portuguesa.

Para o inspetor Alonso

Como tudo começou...

Passar no vestibular, fazer a matrícula na faculdade, cruzar pela primeira vez o portão da PUC com uma mochila nas costas ou uma pasta na mão são momentos muito mágicos. Mariano e eu curtimos isso e quisemos comemorar. Fomos a uma festa animada, barulhenta. Saí de lá cedo, mas Mariano virou a noite. Virou a noite e amanheceu calado. Para sempre calado.

Não cheguei a conhecer Mariano, não houve tempo. Quando li a notícia no jornal, me senti roubada: aquele amigo eu nunca viria a ter.

Cismei que lhe devia essa amizade que não pudemos construir. Cismei que, se tivesse sido eu a amanhecer calada, Mariano gritaria por mim. Talvez por isso eu tenha me empenhado tanto em gritar por ele.

Peço desculpas a minha família pela exposição pública de nossa vida privada.

E agradeço:

à dra. Vitória, delegada da Deat, pelo apoio que sempre me deu;

aos policiais da 14ª DP que me protegeram;

a Diogo, por me confundir e me fazer repensar;

à escritora Cecilia Vasconcellos, pela revisão literária;

e à Editora Rocco, pela publicação do livro.

Maria Eduarda

1

Às nove da manhã, escondi carteira de identidade, relógio e dinheiro no fundo da mochila, bati a porta do apartamento, desci de elevador, dei um bom-dia superanimado ao porteiro e saí para a rua. Aquele dia luminoso de março tinha tudo a ver com meu sentimento de satisfação com a vida.

Imaginei uns três caminhos diferentes que me levariam do Leblon até a Gávea. Escolhi o mais curto, porque a aula de Introdução à Ciência do Direito I começaria às onze horas e, além de andar até a PUC, eu tinha de achar um prédio chamado Frings, subir ao sexto andar, entrar na sala 602, sorrir para vinte e nove caras desconhecidas e escolher uma carteira. E eu não queria me atrasar logo no primeiro dia.

Segui pela minha rua, a Rainha Guilhermina, na direção oposta ao mar. Virei à direita na avenida Visconde

Albuquerque e caminhei ao longo do canal, respirando fundo para incorporar o frescor perfumado dos fícus. É claro que em minutos desisti, porque não havia nem frescor nem perfume algum no ar, e eu estava era enchendo os pulmões com a fumaça do trânsito congestionado.

Atravessei a estrada Lagoa-Barra, virei à esquerda, passei em frente ao Planetário da Gávea e vi surgir a entrada da PUC.

– Onde fica o Frings? – perguntei na guarita.

Ficava imediatamente à minha direita.

Subi alguns degraus até o térreo e tomei o elevador. Saltei no sexto andar, no exato instante em que o professor fechava a porta da sala 602 para dar início à aula. Assustada, puxei o relógio do fundo da mochila. Eram nove e vinte ainda.

Encostei no balcão do departamento de Direito para esperar. Na mesma hora, surgiu um funcionário.

– 602 F – disse a ele, só para dizer alguma coisa.

O cara apontou a porta e me estendeu uma relação de disciplinas, salas e horários. Apesar de ter uma cópia idêntica na mochila, peguei o papel.

– Cheguei meio cedo – falei.

O cara não sorriu, não disse parabéns, seja bem-vinda, nada. Ficou parado ali me olhando. De fininho, fui saindo em direção à escada, fingindo ler o tal papel e me sentindo uma idiota. Não há nada pior do que chegar com uma hora e quarenta minutos de antecedência para a primeira aula do primeiro dia do primeiro ano da faculdade.

Desci ao quinto andar, ao quarto, ao terceiro. Resolvi entrar na biblioteca, mas fui barrada. Deveria, antes, entregar um documento qualquer no guichê, pegar uma chave, abrir o escaninho, guardar a mochila. Desisti, muito complicado. Continuei escada abaixo até o subsolo, onde encontrei um restaurante, deserto àquela hora.

As pessoas que passavam por mim não me olhavam e, quando olhavam, não me viam. A euforia com que eu havia saído de casa foi se transformando em uma espécie de sobressalto. Parecia que eu tinha de novo quatorze anos e estava desembarcando sozinha nos Estados Unidos.

POUCO ANTES DAS ONZE, voltei ao sexto andar. O corredor estava lotado de gente entrando e saindo das salas de aula. Eu tentava alcançar a 602, quando três caras começaram a assobiar, pedindo silêncio.

– Atenção, pessoal, atenção, atenção... – começou um deles. – Meu nome é Eugênio Aquino, mas vocês podem me chamar de Gê. Meus colegas aqui são Luís Fidelis e Hugo Lira. Nós somos do sétimo período de Direito e estamos organizando uma festa de confraternização para os novos alunos.

Confraternização? Abri caminho até eles na maior alegria.

– A festa é nessa sexta-feira agora – continuou Gê Aquino. – Quem quiser já pode comprar o convite. Quem não trouxe dinheiro hoje compra amanhã, não tem problema.

– Nós temos a lista com o nome de vocês – disse Luís Fidelis. – Todo mundo tem que comparecer à festa. Estou falando sério, a presença é obrigatória.

Os três veteranos foram cercados por estudantes novatos. Hugo Lira riu, batendo a palma de uma das mãos contra a espiral formada pelos dedos da outra.

– Se algum calouro não aparecer na festa vai ó...

Havia um pouco de intimidação na atitude deles, mas não dei a mínima. Presença obrigatória significava festa lotada, e confraternizar significava fazer parte daquele grupo, exatamente o que eu queria. Estava achando tudo tão mágico que, quando chegou minha vez, pedi logo dois convites.

– Dois?

– É, pra mim e pro meu namorado.

Hugo Lira cutucou Gê Aquino.

– Aí, ela quer levar o namorado.

– Namorado? Que namorado? – perguntou Gê.

– Talvez vocês conheçam – sorri toda simpática. – É o Diogo...

– Ele estuda aqui? – Gê me interrompeu.

Respondi que não. E, crente que estava batendo o maior bolão, expliquei:

– Namoro o Diogo da Banda Arruaça, o cara do cavaquinho.

Gê olhou para os colegas.

– E aí, como é que fica?

Luís Fidelis balançou a cabeça:

– A festa é pro pessoal de Direito da PUC. Não pode entrar qualquer um.

Diogo não era qualquer um, era meu namorado, pensei, chocada com a grosseria. Mas queria tanto me enturmar na faculdade, que engoli o desaforo, comprei o convite e dei meu nome para eles marcarem na lista.

2

Sentada na canga, eu assistia ao ir e vir das ondas. Podia estar no Leblon ou em Sebastian, praia da Flórida onde surfei por dois anos.

Acenaram de um veleiro. De um salto me levantei, subi na ponta dos pés e acenei de volta. Nesse exato instante, ouvi a voz:

– Aaar... Duaaar...

A voz não saía do veleiro parado ali em frente. Parecia vir de muito longe, como um nome gritado em outro mundo. É claro que banquei a surda e corri para o mar.

Mal entrei na água, a estranha voz recomeçou. Chegava aos pedaços, como um eco trazido pelo vento:

– Aaarda... ooouro...

Eu não estava interessada, só queria alcançar o barco dos meus amigos. Deviam ser amigos, já que acenavam.

Mergulhei. Mas a água do mar havia engrossado. Eu nadava, nadava e não saía do lugar.

– Eduarda... – insistiu a voz, mais nítida e familiar.

O veleiro foi desbotando junto com as ondas, a canga e a praia do sonho. Agora só existia a voz.

– Acharam um calouro na sauna. Vem, Eduarda, vem.

Sentei na cama, ainda tonta de sono, e dei de cara com meu irmão.

Ia gritar que ele era mais chato que um sino de igreja, que não tinha o direito de me acordar em um domingo, mas notei que estava aflito.

– Calouro, sauna? Que história é essa, Francisco?

– Você não foi a uma festa de calouro na sexta-feira? Está tudo no jornal, vem.

No minuto seguinte eu estava na sala, lendo a manchete por cima do ombro do meu pai: Calouro da PUC encontrado morto. Morto, PUC, calouro, como assim? Aquilo não fazia o menor sentido.

Desisti da manchete e olhei a foto de um cara cabeludão, rindo, abraçado à namorada.

– Você conhece esse Mariano? – perguntou meu pai, metendo o jornal na minha mão. – Quer dizer, você conhecia?

Examinei a reportagem, enquanto ele suspirava e se endireitava na cadeira para tomar o café da manhã caprichadíssimo de domingo. No outro lado da mesa, tia Lu provava uma fatia transparente de mamão e se entupia de água. Dali a pouco, os dois andariam quilômetros e mais quilômetros de calçadão para queimar calorias.

Apesar dos suspiros do meu pai, demorei a responder. Nunca fui boa com nomes e, para dizer a verdade, não sabia o de quase ninguém da minha turma. Mas sempre fui ótima para gravar fisionomias, e aquele sorriso me lembrava o de um colega. Só que esse colega tinha a cabeça raspada.

Tapei com os dedos o cabelão cacheado da foto, e, aí sim, tive certeza.

– Putz! – murmurei, desviando os olhos da reportagem.

– Esse Mariano era teu amigo, não era? – perguntou Chiquinho na maior empolgação.

Estava maravilhado com a tragédia da página policial. E, por algum motivo louco, queria que eu fosse amiga da vítima.

Respondi que era, sim, amiga do Mariano. Não para agradar ou impressionar meu irmão, mas porque, por algum motivo mais louco ainda, era assim que eu me sentia.

Tornei a olhar a foto. Um cara da minha idade. Aluno de Direito como eu. Da PUC como eu. Na mesma festa que eu. Agora o cara estava morto. Morto. Morto! O jornal começou a trepidar na minha mão.

Mariano nunca mais abraçaria a namorada. Nunca mais cruzaria o portão da PUC. Nunca mais um sorriso, uma festa. Nunca mais nada. Nada. Nunca. Meu corpo inteiro tremia. E a cabeça latejava: nunca mais, nunca mais, nunca mais...

Das certezas cruéis que a morte joga na cara da gente, passei às perguntas aterradoras. E se fosse eu a namorada da foto? Se fosse eu o calouro encontrado morto? E se fosse meu irmão?

– Francisco disse que você foi a essa festa – comentou tia Lu, como se o fato não tivesse a menor importância. Era seu jeito de interrogar.

Quicando os olhos pela notícia, encontrei: Gê Aquino, sétimo período, 24 anos, playground, Ipanema, noitada, consumo elevado de álcool, telefonema anônimo, polícia...

– Você foi ou não, Maria Eduarda? – perguntou meu pai.

Baixei o jornal.

– Fui.

– Com o Diogo – afirmou tia Lu.

– Não, sozinha.

– Sozinha? – meu pai se alarmou, como se aquilo fosse um absurdo.

– A festa era pro pessoal da PUC se conhecer. Não podia levar gente de fora.

– E você considera isso certo? Ir a uma festa sem o seu namorado?

Nem certo nem errado, considerava apenas um direito meu. Mas meu pai já estava tão contrariado, que eu não disse nada para não contrariá-lo ainda mais.

– Eu saí cedo, pai, não fica preocupado.

– Você foi a algum lugar depois?

– Não, vim direto pra casa.

– Alguém viu você chegar?

– Acho que não.

– Alguém na calçada, na portaria, no elevador?

Notei que ele buscava um álibi, mas eu não tinha encontrado ninguém. A não ser....

– A festa foi no prédio do Gê Aquino. Quando eu saí, o porteiro estava na portaria. Só que passei muito rápido, não sei se ele vai se lembrar.

Meu pai deu um suspiro prolongado. Devia estar imaginando Mariano morto por overdose. Ele e tia Lu eram meio apocalípticos, viviam pedindo que eu selecionasse, com muito cuidado, os locais que frequentava e as pessoas com quem andava, porque a cidade e a sociedade estavam infestadas de traficantes.

– Pai, eu não uso droga, fica tranquilo.

Mas droga era apenas uma das preocupações.

– Só vou ficar tranquilo depois de provar que você não viu, não ouviu e não sabe nada do que aconteceu nessa festa.

Tia Lu mexeu a cabeça, concordando:

– Se meter com essas coisas é perigoso. Nós não queremos passar por aquilo tudo outra vez.

"Se meter com essas coisas" era a outra preocupação. Eu estava perturbada com a morte de Mariano, eles com o inquérito policial.

Só Chiquinho continuava eufórico. Mais tarde iria exagerar para os amigos: Sabe o carinha da PUC que morreu? Era amarradão na minha irmã.

Levantei o jornal e encarei a foto de Mariano. Não dava para acreditar: num dia era um cara feliz abraçado à namorada; no outro, era um calouro encontrado morto.

Li o resto da notícia. Morador chamou a polícia, sem se identificar. Por volta de meia-noite, uma patrulha chegou ao local e mandou diminuir o som. Assim que os PMs saíram, a barulheira recomeçou. Atendendo a novo chamado, a patrulha voltou às duas da manhã e encerrou a festa. Pouco depois das seis, o faxineiro do prédio notou a sauna acesa, entrou para averiguar e encontrou o corpo.

– Senta e come alguma coisa, Eduarda – disse tia Lu.

Sentar eu até sentei, mas não consegui comer. Estava com um gosto ruim na boca, gosto de impotência diante das coisas erradas do mundo. Pensei no tal morador que, por duas vezes, tinha chamado a polícia. Imaginei o homem pregado na janela, insone e neurastênico, assistindo à festa até às duas da manhã. E duvidei que ele tivesse coragem de se apresentar como testemunha.

Muita gente não entende que a polícia precisa de informações para resolver os casos e combater o crime. Meu pai e tia Lu não entendiam.

Denunciar era um ato perigoso, é claro que eles tinham razão. Eu lembrava muito bem o sufoco que tinha passado. Mas, como novamente sabia de coisas que precisavam ser ditas, decidi não me acovardar.

– Aonde é que você vai, Maria Eduarda? – perguntou meu pai, quando eu deixava a sala.

– Vai ligar pra Vitória – afirmou tia Lu, para ver se eu negava.

Como não neguei, ela viu que estava certa.

3

– Deat, bom-dia.

– Posso falar com a doutora Vitória?

– Quem quer falar?

– Maria Eduarda.

– A delegada não vem hoje. É só com ela?

Era, e desliguei.

A Deat, Delegacia Especial de Atendimento ao Turista, não tinha nada a ver com meu problema, mas era vizinha da 14ª DP, delegacia responsável pelos bairros Leblon e Ipanema e, portanto, por investigar a morte do meu colega. Eu queria conversar com Vitória para que ela me aconselhasse, ou melhor, para que ouvisse um plano perfeito que eu já tinha em mente e que dependia apenas dela para deslanchar. Primeiro, ela me apresentaria a alguém da delegacia ao lado, dizendo que eu tinha estado na festa de confraternização dos calouros da PUC. Depois, eu contaria a essa pessoa tudo o que sabia, pedindo que minha identidade não fosse revelada. Desse modo, eu faria a coisa certa sem entupir a cabeça do meu pai com preocupações. Mas como a delegada Vitória não estava de serviço, meu plano teria que esperar mais um dia.

Depois de desligar o telefone, dei uma última olhada na reportagem. Recortei a foto do meu colega, só o rosto dele. A namorada, eu amassei com o resto do jornal e atirei na lata de lixo.

Prendi a foto de Mariano na quina da escrivaninha e me sentei em frente para encarar aquele rosto lindo. Fiquei nisso um tempão, quanto mais encarava mais triste me sentia. Os olhos dele me sorriam, o nariz franzido me encantava, os cachos de cabelo me comoviam. Achei que estava ficando louca, chorando daquele jeito a morte de um cara que eu mal conhecia. Louca, completamente louca, chorando e perguntando à foto o que havia acontecido. Você brigou? Te agrediram? Te mataram? Vai, Mariano, me ajuda, manda um sinal, uma dica.

Peguei lápis, papel e rabisquei a planta do playground, situando o salão, a piscina, a sauna, o elevador, a escada e os edifícios vizinhos. Lembrei que nós estávamos sentados em roda, perto da piscina. Éramos mais de trinta. Desenhei a piscina, a roda com muitas cadeiras e uma mesa redonda no centro. Debaixo da mesa ficavam o isopor cheio de latas de cerveja e os litros de cachaça.

A diversão dos veteranos era nos embebedar. Um a um os calouros iam entornando a bebida goela abaixo, enquanto a turma cantava “primeira bateria, vira-vira-vira...”

Eu queria tanto me entrosar com aquelas pessoas, que nos próximos cinco anos fariam parte da minha vida, que estava até curtindo, cantando junto, vira-vira-vira, virou.

O calouro da vez tomava a cachaça de uma talagada e atirava o copinho descartável para o alto. Recebia aplausos e uma lata de cerveja para virar. Segunda bateria, vira-vira-vira, vira-vira-vira, virou.

Chegou minha vez.

Segurei o copinho, primeira bateria... Aproximei do lábio, vira-vira-vira... Entreabri a boca, vira-vira-vira...

Virei, mas não consegui engolir. Nunca tinha tomado cachaça, não imaginei que minha garganta fosse queimar daquele jeito. No susto, engasguei. Sufoquei. Tossi. Com os olhos cheios d'água, cuspi tudo fora e larguei o copinho no chão.

Em vez de aplausos, ouvi vaias, deboches, risadas e a ordem de Gê Aquino:

– Pega o copo pra encher de novo.

– Se desperdiçar outra dose... – Luís Fidelis deixou a ameaça no ar.

Não dei a mínima.

Gê segurou meu pulso, com mais força do que eu gostaria, e me empurrou para o chão.

– Ou pega o copo ou vai pra sauna de castigo.

Com um solavanco, que ele não esperava, livrei o pulso. Mas ainda tossia e sufocava.

Outro veterano, bancando o bonzinho, se agachou e pegou o copo para mim. Enquanto preparava uma dose reforçada, foi dizendo:

– Calma, gente, a menina é virgem em álcool, se apavorou. Essas coisas acontecem. Não precisa botar no castigo, ela vai colaborar.

Senti uma fúria crescendo no peito, uma vontade de gritar que minha boca não era bueiro nem ralo de pia, e por ela só iria entrar o que eu quisesse. Mas acabei dizendo apenas que estava fora da brincadeira.

Recomeçaram a cantar o vira-vira, eu não virei. Tentaram me forçar, eu não cedi. Me agarraram à força, derramaram cachaça na minha cabeça e me empurraram na piscina.

Nadei para a borda, subi a escadinha, peguei a mochila e corri para o elevador, ensopando o piso por onde passava.

– Olha, ela está indo embora – gritou alguém.

– Pega, deixa não!

Pelo som dos passos, percebi que vinham muitos, talvez todos, no meu encalço, e não só os veteranos. Disparei pela escada de serviço, atravessei a portaria e fugi, correndo por quarteirões desertos, até encontrar o táxi que me levou para casa.

Olhei o sorriso de Mariano pendurado na quina da escrivaninha, lembrando dele sentado na roda. Entendi que ele, também, tinha se rebelado. Nós fomos enganados, pensei, recomeçando a chorar. Não se tratava de confraternização droga nenhuma, e sim de agressão gratuita. Aliás, gratuita, droga nenhuma. Pagamos ingresso para sofrer os trotes. Pagamos! E isso era o que mais me doía.

Lembrei de como Gê Aquino tinha sido esperto, aproveitando o misto de entusiasmo e ingenuidade dos novos alunos para assumir o papel de mentor.

– Tenho quatro anos de PUC – repetiu várias vezes. – Vocês estão começando.

Chamou nossa festa de batismo, como se ele fosse uma autoridade religiosa e nós o rebanho. Em tom conspiratório, avisou que o trote estava proibido pela reitoria. E nos impingiu um pacto de silêncio, em tom ameaçador:

– Se alguém abrir o bico, vai todo mundo expulso. Eu ferro quem fizer isso.

Elogiou nossa coragem, como se manter a tradição de maus-tratos aos novos alunos fosse uma questão de honra estudantil, um ato heroico. E ainda nos prometeu recompensa:

– Ano que vem, vocês montam a festa e vão à forra.

Alguns calouros se entreolharam satisfeitos.

– Alguém quer dizer alguma coisa? – Gê perguntou e imediatamente concluiu: – Então está tudo combinado e, a partir de agora, não tem mais volta.

Foi assim que ele nos enganou no início da festa, simulando um poder que não tinha e sabendo nos convencer com sua "experiência de quatro anos de PUC". Deslumbrados e desamparados na imensidão universitária, aceitamos tudo.

Olhei Mariano, entendendo por que me sentia tão sua amiga. A morte dele representava uma quebra daquele acordo estúpido, mais imposto que proposto pelos veteranos, acordo que, ao fugir do playground, eu também havia rompido.

Agora, com a morte do calouro, haveria uma investigação policial, os trotes praticados na festa viriam à tona, e o reitor expulsaria os envolvidos.

Trotes, morte, expulsão, minha cabeça era só angústia.

Pensei no meu namorado, no som mágico que ele tirava do cavaquinho. Diogo tocava com tanta alegria que as pessoas começavam a cantarolar, mexer o corpo, e, de repente, estava todo mundo feliz.

Precisava abraçá-lo. Urgente. Mas, na noite anterior, Diogo tinha tocado com a banda até tarde, em um bar da Lapa. Tínhamos saído de lá depois das quatro, não era justo perturbar seu sono.

Decidi ligar para a casa de Vitória. Não aguentava mais carregar sozinha a morte de Mariano.

Ela mesma atendeu.

– Preciso falar com você o mais rápido possível – eu disse. – Tem de ser pessoalmente.

– Preciso comprar verduras – ela brincou. – O jeito é nos encontrarmos no Hortifruti.

Combinamos um horário no início da tarde.

TIA LU SURGIU quando eu destrancava a porta.

– Você não vai sair assim! – disse, horrorizada.

Voltei ao quarto para trocar a sandália, que estava mesmo um bagaço. Ela me seguiu e me fez mudar toda a roupa, passar batom, colônia, meter brincos e ajeitar o cabelo.

– Eu só vou ao Hortifruti, tia.

– Uma mulher nunca sabe quando e onde vai topar com o homem da sua vida. É preciso estar sempre linda.

Tia Lu não levava a sério meu namoro com Diogo. Dizia que eu não seria louca de me casar com um tocador de cavaquinho.

E eu não levava a sério as bobagens que ela dizia.

– Que topar com homem, tia Lu! Tenho outras prioridades.

– Prioridades mudam, minha querida. Eu tinha exatamente a sua idade, dezenove, e estava no auge da carreira de modelo, quando topei com o homem da minha vida. Aí, pronto, minhas prioridades passaram a ser casa, marido e uma criança de quatro aninhos.

Tia Lu rodopiou bem-humorada e já ia saindo, quando viu a foto de Mariano pregada na escrivaninha. Parou.

– Ah, não estou gostando nem um pouco disso.

– Pode deixar, tia. Aquilo não vai acontecer de novo.

– Estou achando que você vai se encontrar com a Vitória.

Como eu não neguei, ela continuou:

– Diz a ela que estou com saudades.

4

A delegada apalpava um abacaxi quando cheguei. Sabia da morte de Mariano.

– Estive na festa, Vitória.

– Eu imaginei, futura advogada.

– Futura delegada – corrigi.

– Você não vai trabalhar com seu pai?

– E passar a vida sentada em um escritório redigindo contratos? Estou fora. Depois de formada, vou fazer concurso pra polícia.

Vitória meteu dois abacaxis em sacos plásticos.

– Me fala da festa.

– Saí cedo. Não aguentei ficar.

– Não aguentou, por quê?

– O lugar cheirava a crueldade.

– Hein? Explica isso.

Relatei os fatos, principalmente o acordo de agressão.

Vitória provava uvas.

– Quer dizer que os veteranos propuseram os trotes.

– Impuseram – tive que corrigir. – Preciso depor, Vitória. Preciso.

Escolhidas as uvas, ela foi pegando embalagens prontas de figo, mamão e morango.

– Todos que estiveram na cena vão ser ouvidos, mas como você saiu cedo, seu depoimento é menos importante. Os que ficaram até o final...

Tive que discordar:

– Os veteranos são espertos, não vão se incriminar. E os calouros não sabem de nada. Estavam bêbados! – Baixei a voz: – Sei o que aconteceu, Vitória.

Ela empurrou o carrinho até a prateleira de sucos naturais. Fui atrás, feito uma sombra.

– Estou ouvindo – ela disse.

– Embriagaram os calouros pra que ficassem indefesos.

– Estou ouvindo.

– Jogaram o Mariano na piscina.

– Estou ouvindo.

– Trancaram ele na sauna.

– Estou ouvindo.

– Acabou. Ele morreu na sauna.

Vitória transferiu alguns litros de água de coco para o carrinho de compras e foi em frente.

– A sauna tinha tranca pelo lado de fora?

Corri atrás.

– A sauna...?

– Você afirma que trancaram e não sabe se tinha tranca?

– O que eu quis dizer é que forçaram o Mariano a ficar lá.

Paramos diante das verduras, mas a atenção de Vitória estava toda voltada para mim.

– Você viu forçarem o Mariano?

– Não, saí antes.

– Alguém viu e te contou?

– Não, mas eu sei que foi assim. Aconteceu comigo.

– Você foi forçada a ficar na sauna?

– Os calouros tinham que aceitar os trotes, era o tal batismo, eu te falei. Se não aceitassem, iriam pra sauna de castigo.

– Você foi pra sauna de castigo?

– Não, mas fui ameaçada.

– Foi forçada a alguma coisa?

– Não, Vitória, eu fugi.

Ela abasteceu o carrinho com legumes e verduras.

– Você tem uma hipótese...

– Não é hipótese, é certeza: mataram o Mariano.

– Quem matou?

– ...

– Com que arma?

– ...

– Por qual motivo?

– Ainda não sei, Vitória.

– Então não diz que tem certeza. Você não sabe de nada.

– Vou descobrir.

Vitória segurou meu braço, irritada.

– A po-lí-cia – frisou bem – vai descobrir.

– Mataram o Mariano, e agora vai todo mundo dizer que foi uma fatalidade, todo mundo lamentar, até os assassinos.

– É, isso acontece.

– Isso revolta! – desabafei em um tom meio alto.

– Ei, ei, ei, calma!

Depois de passar pelo caixa e guardar as compras no porta-malas, Vitória me puxou pela mão.

– Estou morrendo de fome. Vem, vamos comer alguma coisa.

Ao lado do Hortifruti ficava uma livraria e depois um restaurante. Vitória comentou:

– Adoro as saladas daqui.

Como eu adorava a torta de chocolate, fui logo tomando posse de uma mesa na calçada. Vitória fez sinal de que aquela não servia e me levou para a parte interna.

Quando nos sentamos, ensinou:

– Pega sempre uma mesa no fundo. Você tem que se posicionar de costas para a parede e ficar de olho na porta, que é por onde entra o perigo.

Notei que Vitória tinha feito exatamente o que acabava de ensinar.

– Daqui – continuou –, acompanho tudo o que se passa na rua e, qualquer problema....

Levantou discretamente a boca da calça para que eu visse a pistola semiautomática, calibre 6.35, encaixada em um coldre preso ao tornozelo.

– A arma tem que estar fora da vista dos outros e ao alcance da sua mão.

Essa era a Vitória que eu admirava, a Vitória das peripécias policiais que cresci ouvindo e adorando ouvir.

Prima de tia Lu, as duas foram amigas inseparáveis até o dia em que abri a boca para informar que queria ser delegada. Meu pai entrou em pânico, cismou que eu queria copiar Vitória, quando, na verdade, era um caso de afinidade, de almas gêmeas, e não de imitação. Ele e tia Lu passaram a evitar que eu me aproximasse de Vitória. Claro que ela notou, ficou magoada e nunca mais apareceu lá em casa.

Foi nessa época que começaram a me perseguir com o papo apocalíptico. O objetivo era tirar da minha cabeça a ideia de ser policial. Deram sumiço na coleção da Agatha Christie que tinha sido da minha mãe e vetaram minhas aulas de capoeira. Logo em seguida, aconteceu o problema na escola. Meu pai e tia Lu piraram de vez e me enfiaram em um avião para os Estados Unidos.

Se o plano era esvaziar meu projeto profissional, fracassaram. Minha vocação nunca teve nada a ver com Vitória.

A garçonete surgiu para nos atender.

– Pra mim, o de sempre – disse a delegada.

– E pra mim, torta de chocolate.

– Está louca? – Vitória se horrorizou.

E antes que eu pudesse dizer qualquer coisa, comunicou à garçonete que eu iria comer o mesmo que ela. Eu preferia a torta, mas tive que concordar com o sermão sobre a importância de um policial ser saudável e magro.

– Se nós fôssemos entrar em ação, até cairia bem uma fatia fina da torta. Funcionaria como suplemento energético para o esforço físico e como tônico para a atenção. Infelizmente, não é o caso.

Não entendi se o infelizmente se referia a não comermos a torta ou a não entrarmos em ação.

Vitória me encarou com aquele jeito de quem vai tratar de assunto sério.

– Eduarda, sua hipótese sobre a morte do calouro é até plausível, mas é só uma hipótese, e muito prematura. Você diz que tem certeza...

– Certeza absoluta! – reforcei.

– Acontece que certeza, mesmo absoluta, é coisa subjetiva. Um inquérito policial tem que se basear em fatos concretos, objetivos. Você não sabe a *causa mortis*, não leu o laudo do legista...

– Você já?

– Não, essa investigação não é da minha delegacia. E o laudo nem deve estar pronto ainda.

A garçonete nos trouxe o que Vitória sempre pedia: água de coco e salada.

– Tia Lu ficaria maravilhada se me visse comendo isso – falei. E lembrei do recado: – Ela mandou dizer que está com saudades.

O sol raiou no rosto da delegada.

– Nem lembro a última vez em que nos encontramos. Por falar em Luciana, ela e seu pai...

– Estão ótimos, cuidando da vida deles enquanto eu cuido da minha – fui cortando o assunto antes que problemas antigos estragassem tudo.

– Eles sabem que você quer depor?

– Não interessa, eu sou maior de idade – respondi.

– Ei, ei, ei, calma – Vitória disse, meio ríspida. Mas, em seguida, sua voz desbotou: – Eu sei o que você está passando. Dói muito perder os amigos. Dá uma sensação de impotência, uma mistura de tristeza, raiva, desespero...

Tristeza, raiva, impotência, Vitória acabava de descrever o que eu sentia. Éramos mesmo muito parecidas.

Fiquei engasgada ao ouvi-la falar de amigos, no plural. Claro, todos os dias criminosos organizados ou desorganizados matavam gente do seu meio. Se eu não estava aguentando a morte de um único colega, o que seria de Vitória, diante do assassinato de promotores, juízes, testemunhas e dezenas de policiais?

De repente, ela sacudiu a cabeça, afastando os pensamentos sombrios.

– Aprenda a se dominar, Eduarda. Se você não consegue manter o controle em momentos de tensão, não pode seguir carreira policial.

Eu não estava mantendo o controle nem a boa educação. Pedi desculpas.

Vitória refez a pergunta sobre meus pais estarem cientes de que eu pretendia testemunhar.

– Ainda não falei com eles – respondi. – Queria conversar com você primeiro.

Contei-lhe meu plano de depor sem ser identificada, e ela não se opôs.

– Amanhã vou conversar com o titular da 14ª sobre a oitiva.

– Sobre o quê?

– Oitiva é a tomada de depoimentos – ensinou, rindo da minha cara de espanto.

Olhou o relógio, pediu a conta. Puxou um espelhinho da bolsa para retocar o batom. Estava na hora de buscar Oswaldo e os meninos no teatro ali perto. Avisei que iria junto.

5

Vitória estacionou em frente à galeria da rua Conde Bernadote, na única vaga disponível ao longo do meio-fio. Era grande o movimento de crianças, babás, pais e avós que saíam dos teatros ou compravam ingresso para a sessão seguinte.

– Difícil achar alguém no meio desse tumulto – comentei, já fora do carro.

– Se acha difícil, começa logo a treinar. Um policial tem que seguir suspeitos em tumultos muito maiores.

– Tudo bem, vou tentar – falei.

Passei a observar as famílias que deixavam a galeria. Vitória me vigiava.

– Não, Eduarda, assim a quadrilha inteira vai escapar. Seus olhos têm que riscar a galeria e a calçada de ponta a ponta, lá e cá, lá e cá, como se estivessem acompanhando uma partida de tênis.

Segui as instruções.

– Agora sim, você está cobrindo a área toda – elogiou.

– Estou ficando tonta.

– Claro, seu olhar não está seletivo. Você tem que identificar uma característica do suspeito: um casaco colorido, uma careca, qualquer coisa que sobressaia. E, depois, programar sua mente para buscar essa coisa na multidão.

– Tudo bem, vou começar agora. Como os meninos estão vestidos?

– Não, Eduarda, Nicolas e Bruninho são dois ticos de gente, somem na multidão. Você tem que escolher uma coisa grande e que fique no alto. A camisa do Oswaldo, por exemplo.

– Tudo bem.

– É uma Polo amarela.

Varri com o olho a multidão, lá e cá, lá e cá, em busca de uma mancha amarela, e de repente:

– Pronto, ali no canto à direita! – apontei e fui entrando na galeria, seguida por Vitória.

Meu "suspeito" e os filhos estavam sentados em um restaurante. Vitória e eu puxamos cadeiras e nos juntamos a eles.

Nicolas pulou no meu colo, interessado em contar os horrores do vilão da peça. Enquanto falava, segurava meu rosto com a mãozinha rechonchuda, para que eu não desviasse o olhar. Bruno, o menorzinho, subiu no colo da mãe e de lá contava as mesmas coisas, como um eco. Por fim os pastéis chegaram, os dois avançaram no prato e nos deixaram conversar.

De vez em quando, Vitória beijava a cabeça do filho ou mordiscava sua orelhinha, e o menino se contorcia todo, morrendo de rir. Ela estava sentada de costas para a parede, de olho no corredor por onde circulavam os frequentadores dos teatros, do videoclube, dos bares e restaurantes da galeria. Nenhum deles poderia supor que aquela mãe carinhosa portava uma pistola semiautomática 6.35 no tornozelo.

Quando nos levantamos para ir embora, Vitória prometeu:

– Amanhã falo com o delegado. – E, com aquele sorriso amarelo de quem entrega os pontos, confessou: – Resolvi que vou procurar seu pai. Agora entendo o que ele fez. A gente faz qualquer coisa para proteger os filhos. Um dia você vai entender também.

Depois que se foram, cheguei a me sentir feliz pensando em como aqueles quatro desmentiam o papo apocalíptico de que eu teria que abrir mão de casamento e filhos, se entrasse para a polícia.

Mas o pensamento seguinte, Mariano morto no playground de onde fugi, trouxe de volta o desespero. Eu não deveria ter fugido. Deveria ter ficado na festa, de frente para o perigo.

Liguei o celular, teclei o número do Diogo.

– Eduarda, você sumiu – reclamou. – Jéssica alugou um filme dinamarquês. Estamos aqui com o controle remoto na mão, te esperando.

– Ai, não, esse filme vai dar um sono...

– Só porque é dinamarquês? Você está sendo preconceituosa. Generalizar é injusto.

Queria tanto abraçar Diogo...

– Estou pertinho, chego em dois minutos.

DIOGO E JÉSSICA ERAM AMIGOS de infância e, apesar de tudo o que tia Lu buzinava no meu ouvido, eu "deixava os dois viverem juntos". Na verdade, eles dividiam o aluguel de um apartamento de dois quartos na rua José Linhares, prédio antigo, sem suíte, sem esquadrias, sem closet nem varanda, mas com ambientes enormes e um pé-direito altíssimo. Ali moravam e trabalhavam, sendo o quarto de Diogo também seu estúdio de música, e o de Jéssica um laboratório fotográfico. A sala, entupida de quadros, livros e quinquilharias artesanais, parecia um misto de museu e biblioteca. Resumindo: o apartamento em que viviam era quase um centro cultural.

Todo domingo, no fim da tarde, tínhamos nossa sessão de cinema. Fazíamos questão de ser democráticos: cada semana um de nós alugava o filme. Os meus eram sempre policiais. Os de Diogo geralmente tinham a ver com música. E Jéssica desencavava uns filmes-cabeça lentos e insuportáveis, que ninguém entendia.

Quando ela abriu a porta segurando o controle, pedi que iniciasse logo a sessão. Tudo o que eu queria era ficar com Diogo, quieta. Deitei a cabeça em seu colo, fechei os olhos e dormi durante as três horas do filme.

Acordei com um cheiro delicioso de pizza. A televisão estava desligada, e os dois organizavam o jantar na cozinha. Ouvi que discutiam o enredo dinamarquês e não me arrependi de ter dormido.

Depois que jantamos, Diogo saiu por um instante. Voltou com o jornal aberto na página policial.

– Quer falar sobre isso?

Olhei o sorriso de Mariano e suspendi os ombros, sem saber se queria. No sábado, eu tinha contado a Diogo sobre a festa, os veteranos, o vira-vira. Falar mais o quê?

Sem poder adivinhar meus pensamentos, Jéssica entrou no assunto:

– Fiquei sabendo do sufoco que você passou.

Sufoco tinha passado Mariano, pensei comigo. Enquanto ele morria, eu estava em casa dormindo.

– Eduarda agiu com sabedoria – Diogo comentou.

– Sabedoria? – estranhei. – Que sabedoria?

– Você sentiu o que ia rolar e pulou fora – ele respondeu entusiasmado, quase eufórico.

– Mariano está morto.

– Você está viva.

Foi a gota d'água.

– Diogo! Mais de trinta pessoas continuaram lá dentro, uma delas morreu... Eu não devia nunca ter pulado fora.

Ele me abraçou.

– Não diz bobagem.

– Bobagem? – repeti, me esquivando.

Procurei Jéssica com os olhos, tinha evaporado. Sentiu o que ia rolar e pulou fora. Sabedoria.

– Ops! – gritei, quando vi Diogo tirando um livro da estante. Antes que começasse a ler em voz alta, fui logo esclarecendo: – Não me interessa o que o Zaratustra ou o sei-lá-quem falou sobre o universo mil anos atrás. Quero saber quem matou o Mariano ontem de madrugada.

Agarrei minha mochila, atravessei a sala, abri a porta, chamei o elevador. Diogo me seguiu folheando um livro fininho, o tal que pegou na estante, fechou a porta do apartamento e começou a ler. Presa com ele no hall, tive que ouvir as fontes do sofrimento humano, segundo Freud. A outra opção era escapar pela escada de serviço, mas eu estava cansada demais.

As tais fontes de sofrimento eram três. Um, nosso próprio corpo, com o envelhecimento e as doenças. Dois, o mundo externo, com suas terríveis forças de destruição. Três, o relacionamento humano.

Entramos no elevador.

– O sofrimento que provém dessa última fonte – leu Diogo, maravilhado – talvez nos seja mais penoso do que qualquer outro. Tendemos a encará-lo como uma espécie de acréscimo gratuito, embora ele não possa ser menos fatidicamente inevitável do que o sofrimento oriundo de outras fontes.

Saí do elevador e acelerei o passo, Diogo acelerou atrás. Atravessei a portaria, desci os degraus que levavam à calçada, Diogo segurou minha mão. Parei. Quase o abracei. Eu não queria conflito, pressão, desentendimento, mas Diogo não entendeu e não facilitou a reaproximação.

– *O mal-estar na civilização*, quer levar pra ler? – perguntou, mostrando o livro. – Você precisa pensar nisso que Freud diz.

– Já pensei.

– Já? – ele perguntou com cara de espanto.

– Até concordo com um ponto.

– Qual?

– Que o sofrimento causado por outro ser humano é o pior de todos. Sabe, não dá pra engolir que alguém de propósito...

Diogo me interrompeu:

– E onde foi que Freud errou?

Não gostei da sua entonação de deboche. Mesmo assim respondi:

– Pra mim, esse tipo de sofrimento é perfeitamente evitável. Mariano não precisava ter morrido.

Recomecei a andar. Diogo também. O tom debochado não saía da minha cabeça. "E onde foi que Freud errou?" Como assim, onde foi que Freud... Onde foi... Tive que explodir:

– Me deixa sozinha, vai embora!

Diogo continuou caminhando a meu lado.

– Quero ir sozinha, você não ouviu?

– Ouvi.

– Então por que continua...

– Eduarda, eu preciso te dizer uma coisa.

Parei, cruzei os braços.

– Diz.

Diogo não abriu a boca. Contei até três e comecei a andar novamente. Ele andou a meu lado. Percorremos um quarteirão inteiro em silêncio. Senti que ele se organizava mentalmente. No quarteirão seguinte, soltou:

– A vida que eu escolhi é tocar música.

– ...

– Mas tem hora que é a música que me toca.

Minha paciência esgotou.

– Traduz, Diogo. Não tenho a menor ideia do que você quer dizer com isso.

– Quero dizer que a gente não tem controle sobre tudo, como você pretende. A vida é uma experiência trágica.

– No seu caso é muito fácil dizer isso.

– Como assim?

– Quando um músico perde o controle, alguém morre, alguém se machuca?

Como ele não disse nada, eu mesma respondi:

– Não, ninguém nem fica sabendo. Na vida que eu escolhi é bem diferente.

Diogo continuou mudo. Notei que estava magoado. Mas eu também estava. Se ele pensou que iria encerrar o caso Mariano na minha cabeça com frases de efeito, "é a música que me toca", "a vida é uma experiência trágica", estava muito enganado. Eu deveria esquecer os trotes, as humilhações, o sadismo e mais uma vez pular fora? Mariano que se danasse, era essa a sabedoria?

Passava um pouco das dez, as ruas já estavam desertas. Caminhamos até meu prédio sem quebrar o gelo. Eu entrei na portaria feito uma flecha, e ele, feito um bumerangue, deu meia-volta.

NO INSTANTE em que abri a porta de casa, a luz do quarto do meu pai se apagou. Recomeçava a velha história de ele só dormir depois que eu chegasse sã e salva.

Tirei a roupa, pensando nas três fontes de sofrimento descritas por Freud. Impossível não pensar. Acabava de brigar com Diogo: fonte três. Meu pai e tia Lu estavam morrendo de preocupação por minha causa: fonte três novamente. O quarto estava quente e abafado: fonte dois. Minha cabeça explodia: fonte um. Liguei o ar-condicionado e fui tomar uma chuveirada. Quando me deitei, já estava achando Freud muito mágico.

Antes de dormir, fiquei pensando. Tive escarlatina e não senti raiva da febre, das dores, nem culpei meu corpo. Fiquei chocada com o que o tsunami fez na Ásia, chorei na frente da tevê, mas não me revoltei contra o mar nem pensei em me vingar da natureza. No entanto, se tinha uma coisa que me deixava pronta para a guerra era um espertinho furar fila na minha frente ou um motorista passar com o pneu em uma poça e rir dos pedestres sujos de lama. Aquilo ficava remoendo na minha cabeça, me irritando, e eu não conseguia me conformar. Freud estava certo: eu sentia a dor que vinha dos relacionamentos humanos como um acréscimo inaceitável, gratuito, um acinte, e por isso ele doía muito mais.

6

Abri o jornal na manhã de segunda-feira e dei com o velório de Mariano. Fiquei superchateada por não ter comparecido. Para dizer a verdade, nem lembrei que haveria um enterro, e o jeito, agora, era compensar a ausência com uma visita à família.

A matéria só tratava do sofrimento dos parentes e amigos e nada informava sobre a investigação policial. Recortei as fotos do velório e prendi junto ao sorriso de Mariano, que ficou ainda mais lindo, mais mágico, cercado de dor.

A SALA 602 F ESTAVA TRANCADA, e um bilhete informava que no horário de Introdução à Ciência do Direito I haveria missa pela alma de Mariano. Enquanto eu lia o bilhete, chegou uma colega, Joana, que tinha estado na festa. Seguimos juntas para a capela.

– Estou chocada – comecei a dizer. – Um absurdo, o que aconteceu com Mariano, você não acha?

Joana não respondeu.

– Ele deve ter tentado fugir, como eu, só que não conseguiu.

Nenhum comentário.

Insisti mais um pouco:

– Pra mim aquilo não era festa, era campo de concentração.

Também não adiantou. Mesmo assim, continuei opinando, me revoltando, jogando iscas que Joana não fisgava. Tentei uma pergunta direta:

– O que foi que rolou, depois que eu fugi?

Joana respondeu, finalmente. Tinha saído logo depois de mim, não sabia de nada. E não queria falar sobre a festa.

Como nenhum outro assunto me interessava, a conversa morreu ali.

ALUNOS DO PRIMEIRO PERÍODO lotavam a capela. Os organizadores da confraternização estavam todos lá, ocupando apenas o primeiro banco. Foi então que comecei a perceber o óbvio. A festa não tinha sido promovida pelos veteranos de Direito da PUC, que eram mais de mil, mas por aquele grupinho de idiotas. E mais idiotas éramos nós, calouros, que, mesmo sendo maioria, nos deixamos dominar e humilhar. A vantagem deles estava no fato de formarem um grupo, enquanto nós mal nos conhecíamos, não tínhamos vínculos, não estávamos organizados.

Durante o sermão, quase todas as cabeças giravam, trocando olhares desconfiados. Cada um tentava adivinhar o que os outros sabiam, sentiam, pensavam, escondiam, e nenhum ritual da missa foi capaz de nos desviar desse jogo.

Na aula de Política I, a troca de olhares continuou, e os ensinamentos do professor vagaram pela sala sem encontrar um só neurônio interessado em assimilá-los. Fui a única a tomar notas. Anotei onze nomes que gravei durante a chamada: nomes de alunos que estiveram na festa.

Na saída, fiquei atrás de um deles na fila do elevador.

– Oi, Argemiro, você está diferente – fui dizendo, sem pensar.

– Eu? Diferente em quê?

Como não sabia o que responder, apenas dei de ombros. E, aproveitando que ele me olhava, aproximei o rosto.

– Que barra, hein? Mas, cá entre nós, estava na cara que aquela festa ia...

Argemiro não esperou que eu completasse a frase. Vazou para dentro do elevador, passando a frente de umas dez pessoas, e desceu sem que eu pudesse fazer nada.

Eram três da tarde, e meu estômago não via comida desde a pizza da véspera.

– Você sabe onde eu posso comprar um sanduíche natural? – perguntei à menina atrás de mim na fila.

Ela me recomendou o Bar das Freiras:

– Te mostro onde é, estou indo pra lá. E, *by the way*, meu nome é Melissa.

Segui Melissa, menina alta, linda, decorada com argolas imensas nas orelhas, cordões no pescoço, óculos escuros encaixados no topo da cabeça. Do ombro para baixo, havia outros enfeites, relógio, pulseira, anéis, e uma tatuagem no tornozelo. Tinha mãos e braços irrequietos que beliscavam o queixo de um, cutucavam a cintura de outro, levavam o celular da bolsa à orelha e de volta à bolsa, esvoaçavam lá no alto em acenos grandiosos e desciam junto ao rosto para um ou outro tchau miudinho. Enquanto isso, a boca de Melissa mascava chicletes, falava, soltava beijos, sorria.

No Bar das Freiras, fui apresentada a estudantes de vários departamentos. Todos se conheciam de Búzios, do Pepê ou de Angra, do Gink ou do Santo Agostinho, do Baixo Gávea ou da Lapa, de algum condomínio, alguma academia ou da casa de alguém e, assim alinhavados, formavam uma rede de amigos. Comecei a me sentir um extraterrestre, um ser avulso.

– Gente, e esse Mariano que apareceu morto? – comentou uma menina gordinha.

– *By the way*, Mariano era da nossa turma – Melissa falou, alternando o dedo entre nós duas.

– Gente – continuou a gordinha –, já perguntei pra todo mundo de Direito que eu conheço, ninguém pisou nessa festa.

Uma estudante de engenharia disse que a festa tinha sido no prédio do seu primo.

– Qual primo, o Carlão? – perguntou um garoto sentado em frente.

Era o Carlão.

– O Carlão que namorou a Daniela? – Melissa quis saber.

Quando a estudante de engenharia confirmou que o primo era o ex da Daniela, os olhos de Melissa cresceram, as mãos se afastaram do corpo, o tronco foi lá atrás no encosto da cadeira e voltou até quase traspassar a mesa. Tudo isso porque ela acabava de identificar o local exato da festa.

– É onde mora a Moniquinha Correa!

A menina gordinha também delirou com a descoberta:

– Geeente! Estudei desde o maternal com a Moniquinha Correa, fui a todos os aniversários dela. Não acredito que já estive trocentas vezes nesse playground!

Eu me sentia estrangeira naquele mundo habitado por Carlões, Danielas e Moniquinhas Correas que só eu não conhecia.

– Melissa, aí, conta logo como foi a festa – pediu um garoto, com um sorriso debochado.

A menina que toda hora dizia "gente" não percebeu a gozação.

– Ah, não acredito, Melissa. Você...?

Para desfazer qualquer dúvida, Melissa sacolejou a cabeça, com os olhos revirados e a boca despencada.

– Confraternização? Dããã! Festa de calouro? Dããã! – Voltando ao normal, encarou a menina: – Você acha que eu ia me meter nessa roubada?

Minha autoestima baixou a zero. Melissa não se sentia perdida ou intimidada na imensidão universitária, não precisava de líder nem mentor, e jamais se deixaria levar pela conversa de um idiota como Gê Aquino. Aceitar a condição de calouro, mesmo sendo um, era considerado dããã naquele grupo. Percebi que tinha me metido na roubada por ser avulsa e ingênua e me faria muito bem ser mais esperta, antenada e sociável.

Sempre fui meio retraída, além de ter sido superprotegida e vigiada. Estudei em colégios pequenos, convivia mais com adultos, quase não tive amigos. Só fui me soltar, aprender a cuidar de mim e a ganhar meu dinheiro nos Estados Unidos. Hoje seria uma inútil, se não tivesse tido essa experiência. O problema é que, quando voltei, não me afinei com nenhum grupo da minha idade. Implicava com quem recebia mesada dos pais, achava todo mundo infantil, vazio, sem projeto de vida.

Aí conheci Jéssica, em um curso de fotografia. Apenas três anos mais velha que eu, ela era a professora do curso e acabava de sair de casa para morar com um amigo. Encontrei Diogo na primeira vez em que fui ao apartamento que Jéssica e ele dividiam. Estava no quarto, compondo um samba. Mais tarde, conversamos sobre vários assuntos e, quando o tema passou a ser família, ele ficou meio triste. Contou que os pais eram portugueses, tinham vivido mais de vinte anos no Brasil e acabavam de voltar para Portugal.

– Era um desejo antigo deles, dei a maior força, mas, sei lá...

Notei que Diogo estava quase chorando. Segurei a mão dele. Acho que foi nessa hora que começamos a namorar.

Minha vida ficou tão completa com Jéssica e Diogo que me isolei do resto do mundo. Mas, isso, agora, iria mudar. Eu teria amigos, no plural. Amigos com ou sem mesada.

Com ou sem projeto de vida. Amigos que falavam *by the way*, geeente! Precisava aprender a me sentir bem no meio de pessoas que não eram meu espelho.

Quando o grupo do Bar das Freiras se dispersou, Melissa perguntou se eu ia para o estacionamento.

– Não, moro aqui perto, venho a pé.

Melissa ofereceu carona.

Meu primeiro impulso, o do ser avulso, foi de agradecer e recusar. Venceu o segundo impulso: aceitei.

Atravessamos uma rua interna da PUC, passamos à ala Kennedy e nos metemos em uma fila, em frente ao busto do ex-presidente americano. Melissa abriu a bolsa, tirou tíquete, dinheiro, e já seu olhar vazava por cima do meu ombro e seu braço decolava para um aceno frenético. Depois outro. E outro. A sinalização para os conhecidos que circulavam por ali continuou até chegar sua vez de pagar o estacionamento.

Com essa questão equacionada, percorremos os pilotis em direção ao Frings, descemos um lance de escada, cruzamos o restaurante do porão, alcançamos uma viela, passamos por umas casinhas e chegamos ao carro. Por todo o percurso, ela encontrou gente conhecida, jogou beijos, distribuiu sorrisos. Na semana anterior, eu teria fugido da fútil e exibida Melissa. Agora a seguia.

Quando chegamos ao meu prédio, convidei-a a subir.

Melissa topou. Parou o carro na entrada da garagem, saltou e avançou em direção ao porteiro, que fazia sinais para que ela não estacionasse ali. Com palavras humildes e uma nota de cinco reais, ela tentou convencê-lo:

– Fica com a chave, moço, por favor. Se chegar alguém, o senhor manobra pra mim. Quebra o galho, vai.

Juntou as mãos como se fosse rezar, fez cara de choro, trejeitos, tudo o que eu jamais faria. E conseguiu.

Na sala, fiz as apresentações. Meu pai, que estava de saída para São Paulo, cumprimentou Melissa e foi se encaminhando com a maleta para a porta. Antes de entrar no elevador, deu um beijo apaixonado na boca de tia Lu.

– Ela é sua tia por parte de pai ou de mãe? – perguntou Melissa, tão logo fechei a porta do quarto.

– Ela não é minha tia.

Contei-lhe a história.

Aconteceu quando eu tinha quatro anos. Eu olhava a praia do Leblon, sentadinha no banco de trás do carro parado no sinal. Um homem encostou o revólver na cabeça da minha mãe e mandou que ela saltasse. Estava fugindo, tinha pressa. Minha mãe concordou em entregar o carro e se virou para me pegar. O homem se assustou com o movimento ou se irritou com a demora, ninguém sabe ao certo. O fato é que puxou o gatilho. Logo depois, também ele caiu morto, baleado pela polícia.

Tia Lu estava a caminho do Hotel Sheraton, onde iria desfilar. Presenciou a cena, no carro atrás do nosso. No momento do tiro, o olhar aflito da minha mãe escapuliu de mim, atravessou o vidro traseiro e se fixou na modelo de dezenove anos. Naquela fração de segundo, tia Lu compreendeu e aceitou a missão que lhe era transmitida. Só então o olhar de minha mãe se apagou.

Havia uma amiga com tia Lu, também modelo e a caminho do Sheraton. Enquanto ela gritava e esperneava em um acesso de histeria, tia Lu me pegou no colo e me levou para a praia. A amiga tentou arrancá-la dali, insistiu, não houve jeito. Tia Lu não iria quebrar a promessa que acabava de fazer à mulher assassinada, não iria me largar sozinha para se exibir em uma passarela. Ficamos juntas, montando cidades de areia até meu pai chegar.

– O resto, não sei como foi. Eles não contam e eu não me lembro. Também não sei por que fui habituada a chamar Luciana de tia. É ridículo – eu disse, rindo.

Melissa não retribuiu o sorriso, estava supermexida.

Resolvi mudar de assunto. Pedi, de supetão, que me ajudasse a descobrir uma coisa.

– O quê? – quis saber, enxugando o nariz com as costas da mão.

Ouvimos uma batida na porta.

– Entra.

Tia Lu entrou com uma jarra de suco.

Enquanto escolhia onde colocar a bandeja, notou os novos recortes de jornal pregados na escrivaninha. Olhou as imagens do enterro de Mariano e saiu sem dizer nada.

Melissa e eu estávamos sentadas em umas almofadas no chão.

– Você quer que eu ajude a descobrir o quê? – perguntou.

– Melissa, eu fui à festa de confraternização.

– É sério?

– ...

– Então, conta o que aconteceu. Está todo mundo querendo saber.

– Me ajuda a descobrir, porque eu também não sei.

– Não?

– Só fiquei lá meia hora.

– Como é que eu posso ajudar?

Fui até a escrivaninha e peguei o desenho do playground. Tirei da mochila a lista com os onze alunos que estavam na festa.

– Vou passar essas informações pra polícia.

Ela se levantou. Examinou o desenho e a lista.

– Por quê?

– Porque uma pessoa morreu. Os culpados têm que ser punidos.

Argumentei mais um pouco. Melissa concordava com tudo, só não achava legal entregar os colegas.

Engraçado como tanta gente pensa assim. Querem que as instituições funcionem, querem segurança, justiça, desde que não precisem se envolver, contribuir. Como se participar desse esforço fosse vergonhoso ou sujo.

– Olha, eu também não acho agradável apontar o dedo e dizer: foi ele ou foi ela. Se a polícia pudesse garantir a tranquilidade de todos sem investigar, sem reprimir, sem prender, seria o máximo. Infelizmente, não pode.

Melissa torceu a boca para um lado, depois para o outro, levantou as sobrancelhas, arregalou os olhos.

– Realmente... É complicado.

– O problema é que, se eu não fizer nada, vou me sentir culpada também, vou me sentir cúmplice.

– Você se sente culpada pela morte da sua mãe?

Gostei de que ela tivesse perguntado.

Todos pensavam secretamente que sim e tentavam me convencer do contrário. Como Diogo, com a história de que a gente não controla as coisas e que a vida é uma experiência trágica. Ou como os psicólogos que fui obrigada a frequentar quando pequena. Mas essa era a primeira vez que alguém me dava a chance de dizer o que eu sentia.

– Não sinto culpa, sinto uma enorme gratidão. Minha mãe não me abandonou, mesmo com um revólver encostado na cabeça. Esse é o exemplo que eu quero seguir. Quero fazer pelos outros o que ela fez por mim.

– Legal – disse Melissa.

– Estou estudando Direito pra ser delegada. Quero fazer tudo com técnica, com profissionalismo. Minha mãe agiu por instinto.

Nessa história terrível tem duas cenas muito mágicas, muito lindas: o instante em que uma mulher, enfrentando o perigo, se vira para pegar a filha, e o momento em que outra mulher, surgida do nada, completa o gesto interrompido. Acho que foi essa sequência que emocionou Melissa.

E, emocionada, ela tocou meu braço.

– Como é que eu posso te ajudar?

– Me apresenta aos teus amigos que moram no prédio do Gê Aquino.

7

Carlão estudava à noite e só chegaria depois das onze, mas Moniquinha estava em casa. Quando soube do que se tratava, pediu que eu e Melissa fôssemos até lá imediatamente.

Fomos.

Moniquinha Correa conhecia Gê Aquino apenas de vista, mas sabia da fofocada que rolava no prédio e chamou a empregada para contar.

– O Gê tem culpa no cartório, tenho certeza – foi logo dizendo Davina. – Ele é muito ignorante, trata a gente feito bicho.

Perguntei se tinha visto alguma coisa durante a festa. Eu queria fatos. Certezas bastavam as minhas.

– Ver, não vi nada não. Mas ouvi a gritaria. Toda vez que tem festa no play as empregadas não dormem.

Senti uma fisgada na consciência.

– O barulho também te incomodou? – perguntei a Moniquinha.

– Não, as janelas aqui de dentro não dão para o playground, só os basculantes da área de serviço.

Desci com Davina para examinar o local.

O playground era indevassável, a não ser pelos apartamentos de fundos de um prédio da avenida Vieira Souto. Nos prédios laterais não havia janelas voltadas para lá, e os basculantes do próprio edifício não permitiam visão alguma. O prédio da Vieira Souto tinha quatro andares, imaginei que em um dos quatro apartamentos morava o vizinho que chamou a polícia. Duvidava de que algum empregado impedido de dormir tivesse tomado aquela providência.

Demos uma volta completa no play. O salão de festas e a entrada para os chuveiros, os vestiários e sauna estavam trancados. Mas, pouco adiante, notei uma porta escondida pela curva do jardim.

– O que é aquela porta? – perguntei a Davina.

Era o apartamento do porteiro.

– Será que ele está em casa?

– Seu Jorge, não, mas Zizinha deve estar.

Bati à porta, e a mulher do porteiro atendeu com um bebê no colo. Quando expliquei o que pretendia, ela se desesperou.

– Não quero confusão com polícia, tenho um filho pra criar, não aguento mais isso. A bagunça foi aí fora, eu não sei de nada – fechou a porta.

Davina se aborreceu.

– Deixa de frescura, Zizinha, você está vendo polícia aqui? Abre essa porta!

A mulher entreabriu, sem aparecer no patamar. Davina me puxou para dentro do apartamento e fez sinal, indicando que eu deveria ser insistente.

– Dona Zizinha, em primeiro lugar eu queria pedir desculpas pelo barulho de sexta-feira.

Ela me olhou desconfiada, ainda de pé e com o filho no colo. Era como se nunca tivesse ouvido nada parecido. O engraçado é que eu também estranhei a situação. Normalmente tímida e orgulhosa, eu estava sendo humilde e extrovertida. A sensação era muito boa: a de fazer uma coisa diferente e, ainda assim, certa. Continuei:

– Não sabia que o porteiro morava aqui com a família. Participei da gritaria, no início da festa. Depois me trataram mal e eu fugi.

Davina interferiu, incomodada com a atitude da amiga.

– Manda a moça sentar, Zizinha, deixa de ser ignorante.

– Senta – disse a mulher do porteiro, botando o filho no chão.

A sala era mobiliada com um sofá de dois lugares e uma poltrona. Escolhi a poltrona, ela e Davina se sentaram no sofá.

Zizinha me olhava intrigada.

– Foi você que saiu do prédio numa carreira louca?

Confirmei com um gesto de cabeça.

– Jorge disse que nem deu tempo de perguntar o que tinha acontecido, mas viu logo que não era boa coisa.

– E aí ele subiu aqui no playground para dar uma olhada – insinuei, como fazia tia Lu.

Zizinha não confirmou nem negou.

– Festa de jovem é só dor de cabeça. Se alguém fala alguma coisa, eles enfrentam, xingam, precisa ver. Jorge não se mete não, tem medo deles.

– Ele fez bem em chamar a polícia – arrisquei novamente.

Zizinha reagiu apavorada:

– Não foi Jorge quem chamou a polícia!

– Quem foi, então?

– Isso ninguém sabe – disse Davina, com a autoridade de quem já havia pesquisado o assunto.

– Jorge largou às dez – disse Zizinha. – A polícia chegou muito mais tarde.

– Depois de largar o serviço, ele fez o quê? – perguntei.

– Veio dormir.

– Então às dez horas ele atravessou o playground e viu o que estava se passando.

Zizinha permaneceu muda, com o olhar esquecido no tapete, onde o filho engatinhava. Davina cutucou a amiga.

– Fala logo, Zizinha. Você disse que o Jorge não pregou o olho a noite toda.

– E não pregou mesmo. Primeiro, por causa do barulho. Depois, foi o porteiro da noite que interfonou na hora que chegaram os PMs. O Jorge teve que levantar. Quando era mais tarde, o interfone tornou a chamar. Lá foi ele de novo acompanhar os PMs. Dessa vez, pelo menos, acabaram com a festa. Aí, quando a gente acha que vai dormir em paz, é a gritaria do Edmilson esmurrando a porta, que tinha um homem morto na sauna.

– Quem é Edmilson? – perguntei.

– É o faxineiro. Foi ele que encontrou o moço.

– Aí o que vocês fizeram? – perguntei.

– Jorge avisou o síndico, que chamou a polícia.

Zizinha deu essa última resposta em um tom conclusivo e se levantou, como se não tivesse mais nada a acrescentar. Davina balançou a cabeça decepcionada. Vi logo que tinha mais coisa, e coisa importante, grave, já que a mulher do porteiro preferia esconder. Eu precisava contornar sua resistência, seu medo, usar o método de tia Lu que, sem pressionar a pessoa com perguntas, puxa dela tudo o que quer saber.

Se eu me levantasse, no minuto seguinte estaria fora do apartamento. Apesar de Zizinha ter se encaminhado para a porta, continuei sentada.

– Que sufoco, hein, dona Zizinha, vocês terem que ir lá olhar esse homem morto. Mas, também, não dava pro seu Jorge acordar o síndico com uma notícia dessas sem ter certeza.

Zizinha não negou, ponto para mim. Mas quando perguntei como estava o corpo do Mariano, ficou histérica. Pegou o filho e se trancou no quarto. Davina, com seu espírito prático, fez sinal para irmos embora.

– Ela sofre dos nervos – explicou, depois que batemos a porta. – Vamos lá na garagem, que o Edmilson vai contar isso direitinho.

Fomos. E o Edmilson contou.

Na noite de sexta-feira ele não viu nem ouviu nada da festa. Lavou carros dos moradores, depois dormiu no quarto dos faxineiros, ali no fundo da garagem. No sábado, encontrou o corpo caído no chão, de olho aberto, como se estivesse vivo. A porta da sauna estava fechada. Mas não tinha tranca, e nenhum objeto impedia a abertura da maçaneta.

– Mariano estava vestido? – perguntei.

A descrição da roupa não trouxe surpresa.

– Estava molhado?

– Não.

Pergunta inútil, pensei. Mesmo se tivesse morrido na piscina, após alguns minutos na sauna acesa estaria enxuto, depois úmido de suor e, por fim ressequido, esturricado.

– Machucado? Sujo?

– Ah, não sei, não fiquei olhando.

– Quem mais viu o cadáver?

– Jorge.

– E a mulher de seu Jorge?

– Essa tapou o olho e começou a gritar.

– O síndico...?

– É ruim, hein? Esse só fez perguntar se era morador. Como não era, nem desceu no playground. Mandou a gente não chegar perto, não falar com ninguém, não mexer em nada. Ficou na portaria esperando a polícia.

Nesse caso, pensei, nem adiantava procurar o síndico.

Perguntei a Edmilson se ele havia encontrado algo estranho na sauna, na piscina ou em algum outro lugar do playground.

– Encontrei.

– O quê?

– Um bilhete de loteria premiado.

Davina morreu de rir com a piada.

– Se eu for esperar loteria, estou lascado! – continuou o faxineiro. – Pobre tem que trabalhar. Eu tenho emprego e também faço biscate. Lavo carro, limpo vidraça, lustro mármore, desentupo ralo, troco lâmpada, dedetizo, cato lixo... Mas o que você perguntou mesmo?

– Se encontrou alguma coisa estranha.

– De estranho, estranho mesmo, só o defunto.

Ele e Davina deram boas gargalhadas.

Desconfiei de que não estávamos nos entendendo. Talvez tivéssemos noções diferentes do que era estranho.

– E coisa normal, você encontrou?

– Bom, tinha umas cenouras e uns pepinos no chão.

– Cenouras e pepinos de verdade?

Ele confirmou com a cabeça.

– Cozidos?

– Não, tudo cru.

– Inteiros ou cortados?

– Despedaçados, mas deu pra catar uns perfeitinhos.

Olhei para Davina, espantada.

– Alguém deve ter jogado, por causa do barulho – ela supôs.

– Ovo anda muito caro – Edmilson completou com uma risada.

– E o que mais? Tenta lembrar – pedi.

– O resto era garrafa de cachaça, lata de cerveja, ponta de cigarro, copinho descartável, só isso mesmo.

– Alguma coisa nos banheiros?

– A sujeira de sempre, vômito, uma miséria.

A resposta me deixou sem graça. Fazer sujeira para outro limpar era um desrespeito pior que furar fila, e, portanto, fonte três de sofrimento, acréscimo gratuito. O banheiro imundo tinha a ver com a morte de Mariano, quer dizer, era parte da mesma atitude de humilhação, da mesma barbárie do trote. Só não pedi desculpas, porque não tinha sujado nada. Mas fiquei envergonhada pelos meus colegas, tão envergonhada que perdi o foco.

De volta ao apartamento da Moniquinha, gravei no celular o número dela, o de Davina e o de Melissa. Dei a elas meu cartão de professora de inglês e pedi que ligassem, caso surgissem fatos novos. Fui para casa pensando na descoberta de Freud: os piores sofrimentos vinham do relacionamento humano. Ele tinha toda razão.

8

Girei a chave na porta, ouvindo as gargalhadas de tia Lu e Vitória. O que estavam conversando não era pra ser escutado por mim, porque, assim que entrei, elas ficaram mudas.

Tia Lu me chamou.

– Vitória veio ajudar a gente. Seu pai pediu. Senta aqui, que ela vai explicar.

A delegada apresentou meu plano de depor espontaneamente, como se fosse dela. Mandou que eu estivesse na Deat às oito horas da manhã, na quarta-feira.

– O inspetor Alonso, que está chefiando a investigação, vai conversar com você na minha sala. Uma conversa informal, nem vai constar nos autos.

Concordei com a cabeça.

– Saiu o laudo do Instituto Médico Legal – ela continuou.

– A *causa mortis* foi afogamento? – perguntei.

– Não, não havia água nos pulmões. O rapaz era diabético, teve parada cardíaca.

– Ah, essa não. Vão dizer que o Mariano morreu de doença?

– Calma, você não me deixou terminar. No laudo consta que o rapaz morreu em consequência de desequilíbrio hidroeletrolítico grave.

– Traduz, Vitória.

– Desidratação – traduziu. – Foi o excesso de álcool e a permanência na sauna que levaram seu colega à morte.

– Ele foi forçado a beber. Depois foi enfiado à força na sauna, tenho certeza.

– É possível. O corpo apresentava hematomas, marcas de escoriações e um caco de vidro enterrado no dedo.

– Que horror... – suspirou tia Lu.

– O delegado considerou a morte suspeita – concluiu Vitória.

Ela parecia concordar com o delegado, mas eu não.

– Pra mim é assassinato mesmo. Os hematomas provam que Mariano...

– Os hematomas são indícios – corrigiu a delegada.

– Mariano morreu a que horas? – perguntei.

– Por volta das duas.

– Algum suspeito?

Negando com a cabeça, Vitória esclareceu:

– Quem estava na cena do crime teve a oportunidade. Falta a motivação. É um caso complexo, com muitas hipóteses, muitas linhas de investigação. Você tem contato diário com essas pessoas, não tem?

Sinalizei que sim.

– Então fique de olhos e ouvidos bem abertos – pediu.

– E a boca bem fechada! – tia Lu completou apavorada, como se eu pudesse ser a próxima vítima.

– Ninguém deve saber que você está colaborando com a polícia – aconselhou Vitória.

– Ninguém – tia Lu reforçou.

Infelizmente, eu já havia aberto a boca para Melissa, Moniquinha, Davina, Zizinha, Edmilson. Àquela altura, meu segredo era notícia. Para evitar que tia Lu ficasse aflita e Vitória decepcionada, fui dormir sem tocar no assunto.

NA PUC NÃO ENCONTREI ninguém disposto a falar sobre o assunto. Tentei algumas abordagens, mas, como no dia anterior, meus colegas se afastavam. Percebi uns olhares hostis e aquilo começou a me incomodar.

Melissa não apareceu para a aula de Sociologia I. Disse que estava fazendo luzes, quando liguei para o seu celular.

– Você vem pra próxima aula? – perguntei.

Respondeu que não vinha. Faltava ainda hidratar o cabelo e fazer escova.

– Não sei se é paranoia – eu disse –, mas tem gente me olhando de cara feia.

Melissa sugeriu que eu assistisse à aula da outra turma, já que a matéria, Homem e o Fenômeno Religioso, era a mesma. Foi o que fiz, e aproveitei para anotar, durante a chamada, o nome de mais treze alunos que haviam comparecido à confraternização.

Depois, fui ao Bar das Freiras, comprei um sanduíche natural e sentei em uma das mesas. Mal dei a primeira mordida, duas mãos taparam meus olhos. Só aí me toquei que estava sentada de costas para o perigo.

– Geeente, não acredito. – As mãos soltaram meus olhos. – Acabei de falar de você.

A menina que eu tinha conhecido ali na véspera estava com duas amigas. Mudei a cadeira de lugar para ter visão ampla da circulação sob os pilotis, e as três se sentaram comigo. Lembrando de outra lição de Vitória, varri o ambiente com o olhar e dei com Gê Aquino, Hugo Lira e Luís Fidelis em uma mesa próxima. Mais próxima do que eu gostaria, porque a menina que dizia "gente" falava alto e sem parar.

– Liguei ontem pra Moniquinha Correa, ela disse que tinha uma amiga da Melissa lá, investigando a morte do calouro. Não acreditei quando Melissa falou que era você.

Percebi que a informação tinha circulado em tempo real, quer dizer, enquanto eu conversava com Zizinha e Edmilson.

Olhando para a menina que dizia "gente", eu podia ver os veteranos ao fundo. Tinha a impressão de que eles captavam a conversa, apesar do barulho das outras mesas. Como eu estava mastigando, a menina continuou falando, e falando só o que não devia.

– Também acho que mataram esse tal de Mariano. Um cara de vinte anos morrer fazendo sauna, assim, do nada, isso não existe. Melissa falou que você vai ser delegada. Acho o máximo, sabia?

Inventei que precisava tirar uma xerox, peguei a carteira e escapuli para a copiadora ali em frente. Foi a maneira que encontrei de calar a menina. Minha mochila e uma pasta cheia de textos ficaram em cima da mesa.

Pelo vidro pude ver Gê, Hugo Lira e Luís Fidelis se aproximando e parando diante das três. Pedi a pasta do professor de Direito Romano, tirei umas apostilas, folheei e devolvi como se tivesse desistido das cópias. Quando tornei a olhar, os veteranos haviam desaparecido.

Ao retornar à mesa, perguntei se aqueles caras tinham falado alguma coisa de mim. Vi logo que não, pela cara de espanto das três.

– Estavam querendo comprar cartão de telefone – uma delas explicou.

Peguei minhas coisas e fui para a biblioteca.

PENSEI QUE SERIA BOM pesquisar os termos jurídicos que eu não entendia, conforme fossem aparecendo nos textos. Deixei caderno, caneta, apostilas em uma carteira desocupada e fui pedir ajuda à bibliotecária. Seguimos até o fundo da biblioteca, ela mostrou-me as estantes onde ficavam os dicionários, escolhi alguns volumes e voltei à carteira.

Lá pela terceira página da apostila, tropecei no primeiro termo desconhecido. Abri o caderno para anotar e, nesse momento, caiu de dentro dele um papel que não me pertencia. Peguei o papel. No centro, três palavras escritas em letra de imprensa formavam o aviso: *Não toleramos traição.*

Imediatamente me levantei, grudei as costas na parede mais próxima e varri com os olhos a biblioteca. Não vi nenhum veterano, só Argemiro, o cara que tinha fugido de mim na fila do elevador. Estava em uma mesa com duas meninas. Juntei minhas coisas e saí da biblioteca com a respiração acelerada.

Seria esse o motivo do assassinato de Mariano: traição? Qual traição, não aceitar os trotes? Denunciar os trotes? Será que Mariano tinha ameaçado abrir o bico? Traição mais grave, eu estava pronta a cometer e já muita gente sabia. Estariam pensando em me matar? Quem? Não toleramos traição, o que exatamente significava isso?

Cheguei à rua com a cabeça a mil, o pensamento pulando dos pepinos e cenouras para o banheiro sujo, da menina "geeente" para a experiência trágica, até que parei no caco de vidro.

Se Mariano tinha hematomas, escoriações e um caco de vidro enfiado no dedo, não era possível que o faxineiro não tivesse visto. O caco devia ser de uma garrafa quebrada, coisa que Edmilson também não tinha mencionado. Talvez, porque, para ele, uma garrafa quebrada ao final de uma festa não fosse algo estranho. Essa garrafa quebrada estaria perto da piscina, no salão de festas, na sauna?

Eu passava em frente ao Planetário quando desisti de ir para casa. Recuei até grudar as costas no muro e, só depois, peguei o celular. De frente para o perigo, podia evitar que um garotinho arrancasse meu telefone aos gritos de "perdeu, perdeu", num momento em que eu precisava fazer uma ligação importante.

Davina topou me encontrar próximo ao prédio em que trabalhava. Pedi que desse um jeito de levar Edmilson.

Peguei um táxi e, pouco depois, quando saltei no lugar marcado, os dois vinham chegando.

– Vocês comentaram com alguém que eu estive no prédio investigando? – perguntei.

Davina e Edmilson se entreolharam, mudos.

Compreendi que tinham anunciado ao mundo e não levei o assunto adiante, não tinha mais jeito.

Perguntei a Edmilson sobre o caco de vidro no dedo de Mariano.

– Quem disse isso? Não tinha caco de vidro nenhum.

Perguntei se ele havia encontrado alguma garrafa quebrada.

– Pensa bem – pedi. – Pode ser uma pista importante.

Edmilson garantiu que não tinha garrafa quebrada, nem copo, lâmpada, janela, nem os outros objetos de vidro que fui lembrando.

– Espelho? – foi minha última tentativa.

– Esconjuro – riu, acompanhado de Davina.

Agradeci terem vindo me encontrar e pedi que não dissessem a ninguém que continuavam em contato comigo. Poderia ser perigoso para mim e para eles. Fiz sinal para um ônibus que se aproximava e perguntei a Edmilson:

– Você tem celular?

O faxineiro gaguejou um pouco, se confundiu e acabou respondendo que não tinha.

– Que bobagem é essa, agora, homem? – Davina perguntou, espantada.

– Tenho que voltar pro serviço – disse ele baixo, e já não era mais o cara simpático de antes.

– Que serviço, homem? São quase cinco horas.

Edmilson ia longe.

A última coisa que vi, já sentada no ônibus, foi Davina, com cara de quem não estava entendendo nada, correndo atrás do faxineiro.

Em casa, fiquei pensando se abria ou não o jogo com tia Lu, porque o que eu havia prometido que não iria mais acontecer estava, de novo, acontecendo.

Na primeira vez, eu tinha quatorze anos.

Tudo começou quando me aproximei de um garoto que levava coisas muito loucas para o colégio. Revólver, estilete, soco inglês, maconha, crack, cocaína, lança-perfume, bomba caseira e até em granada eu toquei com minhas mãos, entre tensa e maravilhada, enquanto ouvia as histórias do primo mais velho que ele adorava. Aquilo para mim era mágico, eram os casos de Vitória contados pelo avesso.

Um dia, esse garoto vendeu um baseado a um aluno de onze anos. Na minha frente. Onze anos! Na hora não reagi, como se estivesse tudo bem. Mas fiquei apavorada. Apesar de tudo o que meu colega contava e trazia para a escola, não passava pela minha cabeça que ele fosse capaz de traficar.

Afastei-me imediatamente. Depois cismei que isso só não bastava, que eu estava sendo egoísta, omissa, deixando a coisa rolar. Disse ao garoto que não concordava com o que ele havia feito e pedi que desse um jeito de desfazer.

Ele reagiu com deboche, riu de mim, estava se transformando no primo. Não pensei duas vezes: procurei a diretora da escola e contei-lhe tudo. Buscaram o garoto na sala de aula, revistaram sua mochila e encontraram todas as razões do mundo para chamar vários pais, inclusive o meu, e a polícia. Pouco depois, o primo dele foi preso.

Passados uns dias, recebi por telefone uma ameaça que logo se materializou: fui assaltada na esquina de casa. Na semana seguinte, anunciaram que eu seria atropelada. Mesmo tomando mil cuidados, acabei derrubada por uma bicicleta na porta da escola. Quando fizeram a terceira ameaça, eu já estava longe, morando com uma família americana.

Aquela tinha sido uma época difícil para mim e para minha família. Agora, pelo jeito, tudo recomeçava. Pensei, pensei, e cheguei à conclusão de que abrir o jogo com tia Lu não resolveria nada.

ANTES DE DORMIR, fiz um desenho. Uma boneca triste – via-se pela curvatura da boca e dos olhos – e uma nuvenzinha que representava seu pensamento. Dentro da nuvem escrevi "desculpa, desculpa, desculpa". Enfiei o desenho em um envelope endereçado a Diogo. No dia seguinte, meteria o envelope por baixo da porta dele. No que dependesse de mim, nosso relacionamento não traria sofrimento. Eu iria provar que os sofrimentos da fonte três de Freud eram perfeitamente evitáveis. Mariano não precisava ter morrido, Edmilson não precisava limpar banheiros vomitados, e nós dois podíamos ficar numa boa.

Apesar desse passo no sentido da reconciliação, acordei no meio da noite com uma terrível sensação de vazio. Levantei da cama, tirei o desenho do envelope e acrescentei um título: "A vida sem você é uma experiência trágica."

9

Ao entrar na Deat, topei com um dos sócios do meu pai. Pensei em coincidência, mas, que nada, era má notícia: dr. Samuel estava lá para acompanhar meu depoimento.

– Vai dar tudo certo – disse ele, segurando minha mão com nervosismo. – Só fala quando eu mandar, e o mínimo possível, para sairmos daqui bem rápido. Não quero enfrentar uma rebelião de presos.

Fomos levados à sala da delegada.

Vitória conversava com o inspetor Alonso, um cara magro e musculoso, que imediatamente se levantou para nos cumprimentar. Enquanto Alonso cedia sua cadeira para mim e puxava outra para o dr. Samuel, Vitória avisou que teria de sair em uma diligência.

Em vez de olhar para ela, que estava falando, dr. Samuel encarava a cicatriz na pálpebra esquerda do inspetor. Dali seus olhos desceram para a mão direita de Alonso, que apresentava marcas de todos os tipos.

Antes de sair, Vitória passou sua cadeira a Alonso. Dr. Samuel não entendeu o que aquele gesto óbvio significava e tomou a palavra, como se estivesse no comando. Achei uma tremenda falta de educação, e o pior é que foi logo dizendo besteira.

– Vamos combinar uma coisa, inspetor: minha cliente veio a esta delegacia voluntariamente, para uma conversa extraoficial e única.

Tive que interrompê-lo:

– Como assim, conversa única? E se eu tiver informações novas?

Dr. Samuel segurou minha mão, para que eu me calasse.

– Minha cliente – continuou ele – concorda em falar sobre os quinze minutos em que permaneceu na festa.

– Trinta – corrigi.

Dr. Samuel calou minha boca com um olhar irado e foi em frente:

– O que a minha cliente pretende em contrapartida, inspetor, é o seu compromisso pessoal de que ela não será, em hipótese alguma, convocada a depor.

Com o corpo projetado para trás, Alonso tamborilava os dedos no braço da cadeira. Parecia querer mostrar ao advogado que, apesar das cicatrizes, movimentava perfeitamente a mão. Parou, de repente, debruçou-se sobre a mesa e encarou o dr. Samuel com um desses sorrisos que não são feitos de alegria.

– Em hipótese alguma convocada a depor – repetiu, pausadamente. – Eu não posso assumir esse compromisso. Digamos que a sua cliente saia por aí contando que mandou matar o rapaz...

– Ora, inspetor, ela não vai fazer isso.

– Nem eu vou assumir compromisso.

A partir desse momento, os dois ficaram mudos e o ambiente tenso. Em um impulso me levantei e saí da sala.

Percorri o corredor até encontrar uma porta aberta. Meti a cabeça e vi um policial trabalhando no computador. Disse a ele que precisava falar com a delegada. Sem desviar os olhos do monitor, ele tirou o fone do gancho e apertou uma tecla.

– Toma, fala aqui – disse, me estendendo o aparelho.

O policial tinha ligado para a sala de Vitória, e foi Alonso quem disse "alô" do outro lado da linha. Entrei em pânico.

– Inspetor? Eu estou procurando a Vitó...

– Quem está falando?

– Não deixa a pessoa que está na sua frente perce...

– Quem está falando?

– Maria Eduarda. Eu acabei de sair...

– Sei, sei – ele me interrompeu mais uma vez, no auge da impaciência.

– Não dá para conversar com o dr. Samuel junto.

Alonso resmungou qualquer coisa concordando.

Nesse momento, me veio a ideia:

– Por que o senhor não manda a gente embora?

– ...

– Eu me livro dele e volto rapidinho.

– Positivo. Me encontra na 14ª DP.

Meti o telefone no gancho e voltei à sala de Vitória. O inspetor já estava de pé, encaminhando o dr. Samuel para a porta.

– Pois é, se a sua cliente não presenciou fatos relevantes, para que continuarmos essa conversa?

Dois minutos depois, o sócio do meu pai estava na rua, respirando aliviado. Confessou que temia os presos e mais ainda os policiais. De repente viu um táxi, fez sinal e resumiu o que pensava:

– Não salva um, são todos bandidos.

Discordei, repetindo um argumento de Diogo:

– É injusto generalizar.

– Você conhece algum policial honrado?

– Claro, os dois que nós vimos hoje, por exemplo: Vitória e dr. Alonso.

Ele entrou no táxi e abriu a janela.

– Não seja ingênua, Maria Eduarda. Esse inspetor queria infernizar sua vida.

Esperei o táxi desaparecer no trânsito e corri para a 14ª.

BOTEI SOBRE A MESA de Alonso a planta do playground e a relação ainda incompleta dos participantes da festa. Só contei fatos relevantes, porque ele parecia meio impaciente, batucando os dedos no braço da cadeira, e eu não queria entediar ninguém com bobagens do tipo "jogaram pepinos e cenouras no playground, por causa do barulho".

Mencionei uma coisa que me intrigava: o caco de vidro no dedo de Mariano.

– O faxineiro garantiu que não encontrou vidro quebrado. Isso pra mim é um indício importante. Esse caco foi trazido por alguém para servir de arma.

Alonso parou de tamborilar.

– Negativo. O fragmento encontrado no corpo da vítima tem, exatamente – folheou os papéis de uma pasta –, oito milímetros. É uma lasca mínima.

Eu havia imaginado um caco grande, afiado. Estava explicado por que Edmilson não tinha enxergado o vidro espetado no dedo de Mariano.

– O problema – continuou Alonso – é que esse faxineiro removeu todas as provas, antes da PM isolar a área. É um leviano, não dá pra confiar no que ele diz.

Achei que ele estava sendo injusto e defendi Edmilson, que tinha lavado o banheiro e varrido o playground, sem saber que havia um cadáver.

Mas a coisa não era bem assim. Depois de achar o corpo, o faxineiro tinha vendido todas as latas e garrafas para um catador de lixo.

– Quando nós descobrimos, já era tarde. Ficamos sem prova do consumo de bebida alcoólica. É a palavra dele contra a dos estudantes.

Tomei um susto.

– Como assim? Meus colegas estão negando que...?

– A oitiva ainda está no começo, mas os que ouvi até agora só tomaram refrigerante. Alguns viram Mariano com uma garrafa de cachaça escondida na roupa.

– Mentira, nenhum calouro levou bebida! Quando nós chegamos já estava tudo lá. E não tinha refrigerante, só cerveja e cachaça.

– Confere com o que o faxineiro falou. Mas, por enquanto, só podemos provar o coma alcoólico da vítima, que está no laudo do IML.

– E os PMs que foram lá duas vezes? Não viram as latas, as garrafas, não investigaram nada?

– O papel da polícia militar é manter a ordem. Esses PMs foram lá para fazer cumprir a lei do silêncio. Como a garotada aceitou a advertência e se comprometeu a cooperar, eles foram embora.

– Mas foram chamados de novo.

– Voltaram lá e fizeram a garotada abandonar o recinto sem tumulto. Pronto, missão cumprida.

Fiquei revoltada.

– Por que não passaram todo mundo pelo bafômetro no final da festa?

– O cadáver não tinha aparecido. Não tinha nada que justificasse um trabalho investigativo.

– Mas, depois que o cadáver apareceu, todo mundo devia ter sido chamado para fazer exame.

Alonso riu seu riso nada alegre.

– Ninguém pode ser obrigado a produzir provas contra si. Ensinam isso na faculdade de Direito.

– Só tive uma semana e meia de aula...

– E acha que pode dar palpite no trabalho da polícia.

Pedi desculpas.

– É que estou chocada com a cara de pau dos meus colegas, queria que tivessem sido desmascarados. Como eles podem negar que teve cerveja, cachaça, vira-vira...?

– Ninguém até agora falou em vira-vira. Cachaça, só a que Mariano levou escondido e bebeu sozinho. Cerveja, sim, umas poucas latas.

– Tudo mentira.

– E nós não podemos provar. O faxineiro prejudicou demais nosso trabalho.

Depois de guardar em uma pasta os papéis que eu lhe havia entregado, Alonso olhou o relógio. Perguntou se eu poderia voltar na manhã seguinte, para ajudá-lo a analisar um material que havia apreendido.

– Amanhã, quinta, dou aula de inglês. Posso vir à tarde, depois das três.

Acabamos marcando para sexta-feira.

NO TRAJETO ATÉ A PUC, a combinação com Alonso circulava em minhas veias. Voltar à delegacia para analisar um material apreendido, eu mal podia esperar! Caminhava eufórica, nas nuvens. Tão nas nuvens que passei pela esquina de Diogo e nem me dei conta. Não me lembrei do envelope que pretendia enfiar por baixo da porta. Só lembrava de Alonso precisando de mim para analisar um material.

Entrei atrasada na aula e fui direto para o fundo da sala. Sentei-me entre Melissa e uma menina tímida que esteve na festa de confraternização. Como era a primeira vez que aparecia naquela semana, não constava da lista que eu acabava de entregar ao inspetor. Em um relance, vi seu nome na contracapa de um livro e anotei.

NA MANHÃ DE SEXTA-FEIRA, eu segurava uma folha arrancada do caderno com o nome de Maria Zélia, quando Alonso balançou no ar a relação completa dos alunos presentes à confraternização.

– Todos os nomes que você me deu estão aqui, eu conferi. E muitos outros. Segundo Geraldo Aquino, sessenta e três alunos estiveram na festa e não cerca de trinta, como você falou.

E aí me devolveu a lista e a planta do playground que eu tinha feito, como se fossem papéis inúteis.

– Você confia no Gê? – perguntei, guardando os papéis na mochila.

– Ele foi muito firme no que disse.

– O Gê mentiu. Não havia tanta gente na festa. Ele disse que eu fui a primeira a sair?

Alonso concordou com um gesto de cabeça.

– Disse até o motivo. Você estava nervosa, achando que seu namorado ciumento ia lá criar problemas.

– Que história é essa de namorado ciumento? Saí depois que me empurraram na piscina.

– Segundo o Geraldo, você se jogou espontaneamente na piscina e depois pediu a ele que ligasse a sauna. Como muita gente seguiu seu exemplo, ele deixou a sauna acesa. E, no final, acabou se esquecendo de desligar.

Tomei um susto. Gê Aquino estava inventando coisas para me complicar.

– Não tenho namorado ciumento. Nem pedi que ligassem sauna nenhuma.

Alonso se concentrou no monitor à sua frente.

– O problema é que três testemunhas disseram que você mencionou um namorado violento. E, até agora, ninguém falou em calouros jogados à força na piscina.

Comecei a desconfiar que o inspetor queria mesmo infernizar minha vida.

Depois de clicar várias vezes o mouse, encontrou o que procurava. Leu em voz alta:

– Todo o tempo tensa, preocupada com as ameaças do namorado identificado como Diogo, sobrenome desconhecido, que faz parte de uma banda chamada Arruaça.

Senti que eu precisava pensar em alguma coisa.

– Estão todos mentindo para atrapalhar a investigação.

– Isso nós vamos conferir agora – disse ele, tirando uma fita de vídeo da gaveta.

Enquanto ligava a aparelhagem que reproduziria a fita, explicou que havia uma câmera na portaria do Gê, e que o material que nós íamos analisar juntos era a gravação da noite de sexta-feira. Queria confirmar a informação de que todos os estudantes, menos eu, tinham deixado o playground às duas horas da manhã, acompanhados pelos PMs.

– Foi isso que o Gê disse? – perguntei. – Que todos saíram às duas, menos eu?

– Foi.

– É mentira. A Joana saiu logo depois de mim.

Alonso acionou o vídeo.

Apontei os universitários, identificando-os quando sabia os nomes: Joana, Argemiro, Mariano, Maria Zélia... Muitos já haviam sido ouvidos pelo investigador. Moradores e visitantes também circulavam pela portaria, e às vezes era preciso rever um trecho, para não deixar escapar ninguém. Mas na maior parte do tempo, Alonso avançava a fita em um ritmo acelerado, pois nada acontecia. De repente, me vi passando em disparada. Até aquele momento, havíamos contado trinta e quatro pessoas.

– Está vendo? Não foram sessenta e três – eu disse, satisfeita.

Esperei ver Joana sair em seguida, para derrubar a versão mentirosa de Gê. Em vez disso, a gravação mostrou novos universitários chegando, chegando... eram mesmo sessenta e três. Vimos os dois policiais militares entrando e saindo do prédio. Bem adiante, os PMs reapareceram, e, quase imediatamente, os estudantes – Joana inclusive – começaram a inundar a portaria e deixar o prédio. Contamos ali sessenta, faltavam três: Gê, que do playground tinha ido direto para casa, Mariano e eu. Os policiais foram os últimos a passar em direção à rua.

– Acabamos de constatar que Geraldo Aquino não é mentiroso – disse Alonso.

Tomei um susto.

– Você está achando que eu...?

– Eu não acho, eu constato. A fita mostra que sessenta e três estudantes compareceram à festa e que Joana permaneceu até o final. Mostra que você saiu cedo, e Diogo, seu namorado, não entrou no prédio.

– Você não conhece o Diogo, eu posso ter omitido a entrada dele – provoquei, tentando entender em quem, afinal, ele confiava.

Alonso repuxou a boca no seu sorriso sem alegria. Clicou o mouse várias vezes e girou o monitor para que eu visse a foto do meu namorado. Entendi que ele não confiava nem desconfiava, apenas investigava os fatos.

– Copiei da página da banda Arruaça na internet – explicou.

Naquele momento, pude observar os dois rostos lado a lado. O rosto virtual de Diogo era de meninão despreocupado, sorridente. O rosto real de Alonso era o de um homem tenso, marcado por experiências duras.

– Queria que você soubesse uma coisa: o que eu disse sobre o número de estudantes e a saída da Joana não foi mentira, foi engano.

Alonso me lançou um olhar atravessado.

– Para mim é a mesma coisa.

Na hora fiquei chocada, mas hoje reconheço que estava certo. Informações falsas são informações falsas, independente da intenção do informante.

– E essas histórias que estão inventando a meu respeito? – perguntei.

– Parecem uma forma de intimidação. Ou vingança. Mas, pistas falsas não se sustentam por muito tempo. Os dois calouros que chegaram por último disseram ter visto Mariano bem, dançando e conversando, como todo mundo. De onde se conclui que viram Mariano vivo e feliz, depois de você ter ido embora. O horário da morte também te inocenta. Estou deixando isso muito claro nos autos.

O inspetor, percebendo que planejavam me incriminar, estava fazendo com que os próprios depoimentos deles me eximissem de culpa. No fundo, ele confiava em mim. E me protegia. Tive a mesma sensação de amparo que eu experimentava cada vez que imaginava minha mãe se virando para me pegar no banco traseiro: a sensação que eu queria transmitir a todo mundo, inclusive aos criminosos, quando fosse delegada.

– O mais interessante – continuou Alonso – é a descrição da festa. Parece um congresso de anjos.

Segundo os depoimentos, a confraternização tinha sido animada e barulhenta como qualquer reunião de jovens. Mas não houve brigas nem contratempos, todos se divertiram, tudo correu bem. Viram Mariano beber, só não perceberam que estava se excedendo perigosamente. Ninguém sabia que era diabético. E no meio de tanta gente, ninguém notou sua falta quando os PMs encerraram a festa.

Alonso se disse preocupado.

– Estão muito bem afinados, e você é a única dissidente. Em princípio, não são perigosos, não têm ficha na polícia. O problema é que qualquer garotada, quando se junta, pode ficar atrevida. Às vezes, muito atrevida.

Bateu na mesa com os nós dos dedos.

Entendi que meu tempo estava esgotado, mas, em vez de me levantar, tirei da bolsa o bilhete anônimo. Tinha que mostrar ao inspetor, já que o outro dissidente estava morto.

Depois de ler o bilhete, ele pegou um cartão, encheu de números e me entregou.

– Telefona, se for preciso.

10

Sábado de manhã, o maior solão e eu em casa, sem rumo, sem Diogo, sem a rotina vivida durante um ano, dez meses e vinte e um dias de namoro. Todo sábado ele telefonava na hora em que estava saindo, rapidinho eu me arrumava e descia. Nos dias bonitos, íamos para a Prainha, onde eu surfava e ele lia. Nos dias feios, rodávamos por paisagens cinzentas e tristes, ajudando Jéssica a fazer fotos-cabeça que depois apareciam em revistas caríssimas.

Para piorar a sensação de vazio, meu pai, tia Lu e Chiquinho tinham ido a um churrasco e só voltariam à noite. Zanzei pela casa até descobrir que o lugar onde me sentia menos perdida era meu quarto. Olhei Mariano na escrivaninha, depois revirei os recortes de jornal, percebendo que o espaço dedicado a ele encolhia a cada dia. Dentro de pouco tempo, meu colega não passaria de uma foto na cabeceira dos pais. Peguei o catálogo, procurei o telefone da família e disquei. Quando atenderam, me apresentei como uma colega da PUC que pretendia fazer uma visita de solidariedade.

– Lamento – disse a irmã de Mariano –, mas meus pais estão muito revoltados. Não querem olhar pra vocês.

Tive vontade de perguntar "vocês quem?", e explicar que eu era apenas eu. Mas, entendi que estavam perturbados e disse apenas que não aceitava o que tinha acontecido e queria os responsáveis punidos. Depois de um silêncio demorado, a irmã de Mariano resolveu que a família me receberia na manhã seguinte.

Passei o resto do dia trancada no apartamento, arrumando gavetas, fichando textos de Direito e comendo gelatina diet, queijo light e iogurte desnatado, que era tudo o que tinha na geladeira. Às seis da tarde, não resisti: liguei para a sorveteria La Basque e pedi um isopor de choc chips, que detonei inteiro, assistindo a um bangue-bangue. Desliguei a tevê e fui para o quarto dormir por volta das nove horas.

POR VOLTA DAS NOVE HORAS, Diogo meteu o cavaquinho no banco traseiro do Fusca, sentou-se ao volante e tomou o rumo da Lapa. Em um ano, dez meses e vinte e um dias, era a primeira vez em que eu não ia junto. Primeira vez em que eu não fazia parte da mesa reservada aos acompanhantes dos músicos. Mesmo assim, ele tocou em total sintonia com o resto da banda. Mas, terminado o show, quis ir para casa e não houve quem o convencesse a esticar com os amigos, como sempre fazia.

Andou sozinho em direção ao carro, atento a qualquer movimento ou ruído suspeito. Já tinha percorrido dois quarteirões, quando ouviu passos às suas costas. Sentindo a circulação se acelerar, olhou de relance para trás. Eram apenas dois casais de namorados. Aliviado, soltou o ar preso nos pulmões e tornou a enchê-los, lentamente, para que o ritmo cardíaco se normalizasse. Pouco depois, virou uma esquina e sentiu novo alívio: lá estava o Fusca, rente ao meio-fio como o deixara, com todas as rodas no lugar e nenhum vidro quebrado. Mais uns instantes e estaria dirigindo para casa.

Enfiou a chave na porta e, nesse instante, sentiu a pancada. Violenta. Nas costas. Projetado para a frente, bateu com o peito na carroceria e deslizou até o chão, deixando escapar de uma das mãos a chave, e da outra o cavaquinho. Entendeu que aquele filme aterrador e corriqueiro, que sempre conseguiu evitar, estava agora acontecendo.

Lembrou-se dos dois casais de namorados, talvez pudessem afugentar os bandidos ou pedir socorro. Começou a se levantar, girou o rosto e viu as duas meninas na esquina, sozinhas. Os dois acompanhantes estavam ao lado dele encapuzados: eram os agressores. Um chute no ombro fez Diogo desequilibrar, outro chute, nas pernas, o derrubou novamente. Pela dor lancinante, achou que alguma coisa em seu corpo havia se quebrado.

Um dos encapuzados ergueu a cabeça de Diogo pelos cabelos.

– Tu sabe por que está tomando porrada?

Mal podendo respirar, Diogo não chegou a responder que não sabia. Pelo sim pelo não, em meio a novos golpes, os rapazes disseram o motivo. Diogo só fazia gemer.

Sua cabeça tornou a ser erguida.

– Tu vai levar um recado.

Antes que Diogo dissesse alguma coisa, um pontapé no rosto o deixou muito tonto, quase desmaiado.

Da esquina, uma das meninas gritou:

– Chega! Vocês vão matar o cara!

Os rapazes deram o recado e continuaram batendo, chutando e socando, até que Diogo não viu, ouviu nem sentiu mais nada.

AINDA ESTAVA AMANHECENDO quando acordei no domingo. A sensação de vazio continuava. Pensei que, se começasse a preencher o espaço deixado por Diogo com atividades altamente interessantes, como a visita à família de Mariano, tudo iria melhorar.

Enquanto digito os nomes Diogo e Mariano, lembro que, naquela manhã, o cara que rodava feito um longa-metragem na minha cabeça não possuía cabelo cacheado nem tocava cavaquinho. Tinha cicatrizes no supercílio e nas mãos, além de um estranho sorriso.

Eu queria muito falar com Alonso. Poderia telefonar, por que não? Um bom pretexto não me faltava. Rolei na cama mais um pouco, levantei, tomei banho, me arrumei, e, por volta de oito horas, peguei o cartão com seus números. Disquei para o celular.

– Inspetor? É Maria Eduarda.

A primeira reação dele foi tensa:

– O que está acontecendo?

– Nada, só liguei pra avisar que, às dez horas, vou à casa do Mariano.

A segunda, meio hesitante:

– Você vai lá? Fazer o quê?

– Uma visita de solidariedade, só isso.

A terceira reação foi muito mágica:

– Vou com você.

ÀS DEZ EM PONTO nos encontramos na portaria do prédio, que ficava em uma rua tranquila do Leme. O apartamento, de fundos, dava para a mata, e o silêncio de fora tomou conta da sala depois que nos sentamos. Os pais de Mariano tinham olheiras escuras de insônia e uma certa lerdeza de raciocínio provocada, talvez, por calmantes. Perguntavam sobre o inquérito, mas não pareciam assimilar o que estava sendo explicado. Lá pelas tantas, pediram à filha que servisse café.

Depois que a menina saiu, Alonso disse que gostaria de examinar o quarto de Mariano. O pai permitiu com um sinal. O inspetor se levantou, e eu o segui, como se formássemos uma dupla.

Minha vontade era assessorar Alonso, bancar sua assistente, mas quando ele começou a abrir armários, mexer nas gavetas, ler anotações, meter a mão até nos bolsos dos casacos de Mariano, uma aflição revirou meu peito. Aquilo era uma espécie de autópsia, não no corpo, mas na vida íntima do morto. Escapuli para a cozinha.

A irmã de Mariano aguardava a máquina de café encerrar a operação.

– Mariano era teimoso – disse ela, quando me viu. – Muito teimoso. Sabia que não podia beber e, mesmo assim, bebeu até entrar em coma.

Fiquei ali ouvindo e pensando se deveria contar logo o vira-vira e a estupidez dos veteranos ou deixar que descobrisse mais tarde, no final do inquérito. Estava nisso, quando meu celular tocou. A menina saiu com a bandeja do café e eu continuei na cozinha, tentando identificar quem me telefonava.

Li no mostrador o número lá de casa. Atendi. Era Chiquinho. Aflito, como sempre.

– Eduarda, Jéssica ligou pra cá desesperada, te procurando.

– Então vamos desligar, porque ela deve estar tentando...

– Ela pediu o número do seu celular, mas eu não dei.

– Jéssica tem meu celular, não estou entendendo. E você não deu, por quê?

– Achei melhor perguntar o que ela queria.

Comecei a me aborrecer. Chiquinho não perdia uma chance de xeretar minha vida.

– E o que ela queria, Francisco? Fala logo, que estou ocupada.

– É má notícia.

– Fala.

– O Diogo está no hospital.

– No hospital? Como assim, o que aconteceu?

– Encontraram ele hoje de manhã, apagadão, no meio-fio. Lá na Lapa. Ninguém sabe o que aconteceu. Só que bateram nele. E bateram muito.

Senti o chão faltar debaixo dos meus pés. Diogo estava morrendo, pensei, mais apocalíptica que tia Lu e meu pai juntos. Voltei à sala, onde Alonso e a família de Mariano tomavam café.

– Era um rapaz tão feliz – disse o pai, erguendo os olhos para mim.

– Todo mundo gostava dele – completou a mãe.

Por um segundo, pareceu que falavam de Diogo. No passado. Agora era o ar que me faltava. Com um movimento de mão, consegui atrair a atenção do inspetor. Deve ter lido na minha cara que alguma coisa ia muito mal, porque imediatamente se levantou, encerrando a visita.

Esperei a porta do elevador se fechar, para passar a bomba que acabava de receber de Chiquinho:

– Espancaram Diogo ontem à noite. Está no hospital – mostrei o celular para que ele soubesse como recebi a notícia.

Alonso tomou o celular da minha mão e gravou seu número na discagem rápida. Depois, mostrou a tecla que eu deveria manter apertada por alguns segundos, em uma emergência.

– Será que isso tem a ver com a morte do Mariano? Com a ameaça que me fizeram?

Alonso não respondeu. Apontou seu carro estacionado na porta do prédio.

– Vem, vou te levar até lá.

11

O baterista da banda Arruaça tentou me preparar. Explicou, no corredor do hospital, que Diogo estava muito, muito machucado. Mesmo assim, quando entrei na enfermaria, o choque foi tremendo. Diogo estava deitado em uma maca, com o corpo enfaixado, engessado, amarrado, monitorado. O rosto era um bolo estufado e sem simetria.

Beijei seu peito nu, único espaço por onde não circulavam sondas, e ele deixou escapar um gemido.

– Duas costelas quebradas – disse Jéssica.

Quando avancei a mão para os cabelos dele, o baterista pediu que eu tomasse cuidado.

– A cabeça está cheia de pontos.

Recolhi a mão, procurando Alonso com os olhos. Falava ao celular, debruçado na janela.

– Isso não vai ficar assim. Nós vamos prender quem fez isso! – desabafei em voz alta, no exato momento em que tia Lu chegava com Chiquinho.

– Que história é essa de prender, Maria Eduarda? Você não prometeu que...

Ao ver o estado de Diogo, ela recuou dois passos.

– Meu Deus!

Jéssica tranquilizou-a:

– Ele está bem. Os órgãos internos aparentemente estão preservados. Se não surgir nenhuma complicação...

Varri com os olhos a enfermaria. Todos os leitos estavam ocupados, o de Diogo era o mais concorrido. Alonso se aproximou para dar uma satisfação à família. Como não sabia quem era quem ali, falou para todos:

– Conversei agora com o delegado de plantão da 5ª DP, e não foi assalto. Não levaram dinheiro nem o carro. Mas riscaram a pintura, quebraram os faróis e amassaram a lataria.

– Destruíram o cavaquinho – completou o baterista.

Jéssica perguntou se a polícia tinha alguma explicação, alguma pista.

Alonso titubeou, olhou para mim discretamente.

– Por enquanto não – respondeu.

– Queriam... – Diogo murmurou de repente.

O inspetor se debruçou sobre o rosto machucado.

– Queriam? Foi isso que você disse?

Jéssica, tia Lu e eu também nos aproximamos. Chiquinho e o baterista da banda completaram o círculo em volta da cama.

Alonso insistiu:

– Quem queria? Os elementos que te agrediram?

– ... Duar... – Diogo balbuciou, com grande dificuldade.

– Eduarda? Queriam Eduarda? Eles disseram isso?

Exausto, Diogo fechou os olhos. Da sua boca ferida e inchada, desceu um filete ligeiramente rosado, mistura de saliva e sangue. Tia Lu tinha lenços de papel. Peguei um e enxuguei, com toda a leveza, os lábios e o queixo do meu namorado.

Alonso segurou a mão de Diogo.

– Eu vou fazer umas perguntas, mas você não vai usar a voz para responder. Você não vai falar nada. A minha voz é que vai falar por você. Quando a resposta for positiva, aperta minha mão, e eu digo "sim". Se a resposta for não ou não sei, você mantém a mão quieta e eu digo "negativo". Quando cansar solta minha mão, que a gente para. Está certo?

Diogo retesou a mão.

– Sim, está certo – Alonso respondeu por ele, satisfeito; o método estava funcionando.

A partir daí, Alonso perguntava e retransmitia em voz alta a resposta, conforme a mão de Diogo pressionasse ou não a sua.

– Você conhece quem te agrediu? Negativo. Foram quantas pessoas: uma só? Negativo. Duas? Sim, duas pessoas. Do sexo masculino? Sim. Pareciam meninos de rua? Negativo. Pareciam ser de classe média? Sim. Brancos? Sim. Você é capaz de reconhecer esses dois rapazes em fotografias? Negativo. Viu o rosto deles? Negativo. Estavam encapuzados? Sim.

Ouvimos um assobio. Jéssica, o baterista e Alonso se voltaram. Tia Lu e eu não nos mexemos, sabíamos que tinha sido Chiquinho. Eu podia adivinhar o entusiasmo dele, acumulando detalhes para, mais tarde, contar aos amigos. E os agressores encapuzados dariam um tom sinistro à narrativa.

– Eles chegaram de carro? – continuou Alonso. – Negativo. Você notou algum carro dando cobertura? Negativo. Eles estavam te esperando, perto do seu carro? Negativo. Chegaram correndo? Negativo. Andando? Sim. Vinham te seguindo? Sim. Tinha alguém dando cobertura a eles? Sim. Era um só, na cobertura? Negativo. Eram dois? Negativo. Três? Negativo. Quatro? Negativo.

Meu irmão levantou o dedo, como um menino de escola pedindo permissão para falar. O inspetor não deu a mínima e continuou o interrogatório.

– Eram mais de quatro dando cobertura? Negativo. Era uma turma grande, uma gangue? Negativo. Não estou entendendo. Ah, você percebeu que tinha mais gente, mas não chegou a ver quantos eram? Negativo. Você quer parar, está cansado? Negativo. Você quer continuar? Sim.

Chiquinho tornou a levantar o dedo, Alonso tornou a não olhar. Meu irmão não se conteve.

– Era uma mulher que estava dando cobertura – arriscou.

– Negativo – disse Alonso, quando a mão de Diogo não se mexeu.

Nesse momento, uma outra mão se moveu, a de tia Lu, discreta e enérgica, e apertou dois dedos de unhas afiadas no braço do meu irmão.

Mas ele estava entusiasmado demais para se calar.

– Eram duas mulheres – soltou.

Desta vez Diogo pressionou a mão do inspetor. O moleque estava certo.

– Sim, eram duas mulheres – confirmou Alonso. – E você, estava sozinho? Sim. Tinha mais alguém por perto, guardador, vendedor, alguma testemunha? Negativo. Eles disseram que queriam Eduarda? Sim. Queriam agredir Eduarda?

Queriam.

Tia Lu encolheu os ombros e recuou alguns passos, com uma das mãos no peito e a outra na testa. Chiquinho era a imagem do triunfo, ela a da derrota.

– Disseram o motivo? – continuou Alonso, sem se importar com a reação de tia Lu.

Diogo soltou a mão do inspetor e pronunciou um chiado ininteligível.

– O que ele está dizendo? – perguntou Jéssica.

Ninguém respondeu.

Diogo continuou chiando, tentando se expressar. De repente, trouxe as mãos fechadas para a barriga, livrou os dois dedos indicadores e os arrastou até que um cruzasse por cima do outro. Nesse momento, o inspetor identificou o som que ele vinha pronunciando.

– Xis. Você está fazendo um xis. Xis e o que mais? – perguntou.

Continuávamos na maior expectativa, petrificados em volta da cama, menos tia Lu, que chorava junto à janela. Diogo espalhou os dedos na barriga e escondeu um dos polegares sob a palma da mão. Chiquinho olhava aquilo agitadíssimo.

– Xis e.... Não estou entendendo – confessou Alonso.

Foi o bastante para meu irmão.

– Nove, cara! Chamaram Eduarda de X-9.

Houve um momento de silêncio. Todos ali entenderam que a destruição causada a Diogo era uma amostra do que fariam comigo, se me pegassem. Ser considerada dedo-duro por criminosos equivalia a uma condenação.

– Alguém sabe a hora exata em que ele foi atacado? – perguntou o inspetor.

– O show terminou às duas. Foi atacado logo depois – respondeu o baterista.

Alonso despediu-se de Diogo com umas palavras de incentivo e deixou a enfermaria.

Tia Lu, adivinhando meu desejo, falou entre os dentes:

– Seu pai me deixou com o Francisco aqui na porta e foi estacionar o carro, Eduarda. Espera ao menos ele chegar.

Olhei para Jéssica. Ela apontou o queixo na direção da porta e disse baixinho:

– Vai, eu fico com ele.

Escapuli, antes que tia Lu engrenasse a ladainha apocalíptica. Alcancei o inspetor na saída do hospital, e ele, felizmente, aceitou minha companhia.

Mal chegamos à 14ª, seu celular tocou. Era Vitória, preocupada com a história do espancamento.

– Maria Eduarda era o alvo – ele confirmou. – Nós vamos estabelecer uma estratégia de segurança, pode deixar.

Depois que desligou, determinou que eu revisse a fita da portaria do Gê e me entregou a lista dos sessenta e três alunos presentes à festa.

– Desses, sessenta e um são potenciais inimigos seus. É bom que você seja capaz de reconhecer cada um.

Quando Alonso se concentrou na leitura de papéis que forravam sua mesa, acionei o vídeo.

Uma policial entrou na sala, trazendo um envelope. O inspetor agradeceu e perguntou pela lista de chamadas enviadas e recebidas no celular do Mariano.

– Já pedi várias vezes – reclamou. – E vê pra mim as infrações de trânsito na Lapa e adjacências.

– Que data?

– Hoje. Entre duas e três da manhã.

Tive que parar a fita. Depois que a policial saiu, perguntei, em tom de agradecimento:

– Você vai investigar o que aconteceu com o Diogo?

O inspetor ia colaborar com os policiais da 5ª DP apenas na identificação e prisão dos agressores. Pretendia interrogá-los. Mas, para minha decepção, seu foco era a morte de Mariano.

– Você acha que os caras que espancaram o Diogo infringiram leis de trânsito? – indaguei.

Alonso respondeu, com um meio sorriso, que tinha solucionado um homicídio assim, antes. O assassino previra tudo, menos que seu carro seria fotografado por um pardal, a dois quarteirões da cena, minutos depois do crime.

– Às vezes – concluiu –, é de um detalhe ínfimo que flui a solução de um caso.

Achei bem provável que os pitboys que bateram em Diogo tivessem deixado um rastro de infrações pelo caminho. Se não respeitavam um ser humano, por que iriam respeitar placas de velocidade e sinais de trânsito?

O inspetor não estava tão otimista:

– Alguns saem por aí quebrando todos os códigos e leis. Esses têm carreira curta no crime. Outros são mais comedidos.

Virou-se para o computador, dando a conversa por encerrada. Voltei à fita da portaria, e assim ficamos por um bom tempo.

Ouvi um toque na porta.

– Você vai trabalhar até que horas? – perguntou o policial, entrando na sala. – Hoje é domingo.

O inspetor fez uma expressão de desânimo como resposta. Calculei que o recém-chegado devia ter a mesma idade que Alonso, e, pela conversa que se seguiu, percebi que eram bons amigos.

Quando começaram a falar do caso Mariano, parei a fita.

Alonso enumerou as dificuldades que estava enfrentando. Em primeiro lugar, a cena do crime havia sido faxinada. Em segundo, as provas tinham sido recicladas junto com o lixo. Em terceiro, a única universitária disposta a falar a verdade havia saído da festa no início. E, para completar, os estudantes estavam omitindo os excessos ocorridos, porque o envolvimento com trotes poderia levar à expulsão da PUC.

A menção aos trotes levantou um pouco meu astral. O inspetor estava trabalhando em cima das informações que eu havia fornecido.

– Expliquei a situação ao reitor – disse Alonso. – Pedi que suspendesse a punição de quem colaborasse com a polícia.

– Ele concordou? – perguntou o outro.

A resposta veio acompanhada de um sorriso irônico:

– Tem uma comissão estudando o assunto. O problema é que a comissão não tem prazo, mas eu tenho. – Respirou fundo. – Sabe de uma coisa? Vou pedir ao Fred que dê uma força.

– É isso aí, joga pra imprensa que num instante resolve – disse o outro, enquanto saía.

Alonso telefonou para o Fred, repórter boa gente que cobria os crimes de maior repercussão na cidade. Eu lia diariamente as suas reportagens.

– O que eu preciso – disse o inspetor – é que você entreviste a comissão e plante a notícia de que os estudantes que colaborarem com a investigação não serão expulsos.

O inspetor voltou ao computador e eu à fita da portaria do Gê. Tentei me concentrar, não consegui. Minha cabeça estava ora em Diogo todo quebrado, ora nas providências policiais.

– Inspetor Alonso – chamei. – Você quer ver as ligações do Mariano, por quê? Acha que ele ligou da sauna para alguém?

– Não acho nada até ter as informações – respondeu. – O celular registra dados precisos e incontestáveis. Não sei se serão importantes do ponto de vista da investigação, mas talvez me ajudem a quebrar o pacto de silêncio dos estudantes.

A ideia do inspetor era pressionar, transformando em suspeito aqueles que, incontestavelmente, tivessem, em qualquer data, se comunicado com Mariano. Estava disposto a blefar, jogar uns contra os outros, acusar de cumplicidade ou de formação de quadrilha quem não estivesse colaborando.

– Acabou a cordialidade – disse, meio irritado. – Não vou ser enrolado por uma garotada metida a esperta.

A policial que estivera ali há pouco, voltou para avisar que não havia telefone entre os pertences da vítima recolhidos na cena. O celular de Mariano, se é que ele possuía um, não estava com a polícia.

Alonso tomou um susto. Imediatamente ligou para a namorada de Mariano e releu a parte do depoimento em que ela declarava ter falado com ele durante a confraternização. A menina reconfirmou suas palavras:

– Liguei pra ele às onze e meia. Estava a maior barulheira na festa. A gente falou super-rápido.

– Tem certeza de que foi com o Mariano que você falou?

– Absoluta.

Alonso pediu o número para o qual ela havia ligado às onze e meia. Discou e ouviu a gravação: telefone desligado ou fora da área de cobertura.

A próxima providência foi saber se o pai do Mariano havia cancelado a linha.

– Ainda não tive tempo de cuidar disso – foi a resposta.

– Então, vou pedir ao senhor que não cancele, por enquanto.

Depois de desligar, anotou um lembrete: "Promotor – quebra do sigilo telefônico de Mariano." Fechou a agenda cheio de disposição.

– Fica de pé um instante? – pediu.

Obedeci imediatamente.

Ele encostou no olho uma câmera, que não vi de onde surgiu, e bateu minha foto.

– Vem, vamos – disse, tocando meu ombro. – Vou te levar em casa.

Combinamos que, nos próximos dias, eu só sairia para ir à faculdade. Nos trajetos de ida e volta, seria seguida por um investigador da 14ª DP. Às dez e meia ele aguardaria em frente a meu prédio e, às três, na guarita da PUC, sempre com um boné do Flamengo. Diante dele, mas sem olhá-lo, eu teria que parar por um instante e trocar a mochila de ombro duas vezes seguidas. Com esse truque, evitávamos que ele seguisse alguma outra menina parecida com a da foto. Eu deveria caminhar normalmente, sem virar para trás, a fim de que, caso estivesse sendo seguida, a presença do policial não fosse detectada.

ENTREI EM CASA, e meu pai me abraçou com cara de enterro.

– Depois do que aconteceu com Diogo, não sei o que pensar, como agir, como te proteger, minha filha. Você não quer sair do Brasil de novo, quer? – afrouxou o abraço para me olhar de frente.

Neguei com a cabeça.

– Foi o que eu disse a Luciana. Agora tem o Diogo, seus alunos de inglês, a PUC...

Confirmei com a cabeça.

– De qualquer forma – continuou –, eu não poderia pagar seus estudos no exterior. Nós demos uns telefonemas, pegamos informações, é tudo muito caro. Estou tonto, perdido, não sei o que fazer. Luciana quer trancar sua faculdade imediatamente e impedir que você saia de casa por uns tempos. Ela acha que sua mãe faria isso. Você concordaria?

Neguei com a cabeça.

– Nesse caso – continuou ele –, eu só tenho uma alternativa.

Aguardei.

– Vou confiar no seu discernimento e deixar que você conduza sua vida.

Dei-lhe um beijo e comecei a chorar, emocionada. Depois de tantos desentendimentos, aquele era um momento mágico de reencontro.

Para que eu entendesse bem que ele não estava me abandonando, apenas trocando a máscara de pai pela de amigo, contou que tinha conseguido a transferência de Diogo para a Casa de Saúde São José.

– Fiz a consulta e o plano de saúde autorizou, inclusive o transporte de ambulância amanhã cedo.

PASSEI UMA NOITE AGITADA, vendo a todo instante o rosto deformado de Diogo. Se os encapuzados tivessem acertado o alvo, eu estaria gemendo de dor, e Diogo passando uma noite agitada, vendo a todo instante meu rosto deformado. Pensei em tia Lu, mais apocalíptica que nunca, querendo me prender em casa. Freud era um gênio. O sofrimento que vinha dos relacionamentos humanos era mesmo fatidicamente inevitável. No nosso caso, ou eu sofria uma prisão injusta em casa, ou sofriam tia Lu e meu pai de preocupação e ansiedade. Meu pai decidiu que sofreriam eles. Ganhei a liberdade, mas perdi a inocência. E sofro por isso.

12

Às cinco da manhã, liguei para Jéssica.

Diogo tinha sentido muita dor durante a noite, ela disse. Agora estava sedado, dormindo. Fiquei revoltada com a grande injustiça: ele preso a uma cama de enfermaria, eu presa em casa, enquanto uns idiotas infernizavam livremente o mundo.

Pouco depois das oito, Jéssica avisou que já estavam na Casa de Saúde São José.

– Deram um quarto ótimo pro Diogo. Ele está recostado na cama, tomando leite de canudinho.

As dores haviam melhorado, e, se tudo continuasse correndo bem, à tarde iriam sentá-lo na poltrona.

Mais aliviada, liguei para Moniquinha Correa.

Ela trabalhava em uma loja de roupa em Ipanema, das nove da manhã às duas da tarde, e, naquele momento, estava em casa se vestindo para sair.

– Surgiu algum fato novo? – perguntei.

– Por enquanto nada.

– Consegui a lista completa de quem esteve na festa de confraternização. Posso te passar por fax?

Passei, e, em dois minutos, ela me ligou de volta.

– Assim só pelo nome fica difícil. Se eu tivesse mais informações pra fazer os links...

– Que informações?

– Com quem anda, quem namora e já namorou, onde mora, onde malha, que cursos faz, em que colégio estudou, essas coisas.

Desisti. Esperava que ela me desse informações, não o contrário. Meu plano era chegar a um dos estudantes da lista por novos caminhos e conversar com ele ou ela em particular, e fora da faculdade. Lá, todos os envolvidos me evitavam e, claro, se patrulhavam. Para furar o bloqueio, precisaria convencer um deles a me contar, numa boa, o que Alonso pretendia arrancar com jogo duro.

POUCO ANTES DA HORA MARCADA, vi da janela o boné vermelho e preto, protegendo a cabeça de um magricela que vestia camiseta e calça jeans. Lembrei da lição de Vitória sobre como achar alguém na multidão: Você tem que escolher uma coisa grande, que fique no alto, que sobressaia. O boné do Flamengo, escolhido por Alonso, cumpria os requisitos e, o mais mágico de tudo, é que era algo tão comum que não chamava a atenção de terceiros.

Às dez e meia desci, abri a porta do prédio, parei, troquei a mochila de ombro, tornei a trocar e parti em direção à PUC. Durante os quase vinte minutos que durou a caminhada, dominei a vontade louca de olhar para trás e descobrir a que distância ele me seguia. Não tinha a menor ideia de como se protegia alguém.

Assisti a quatro horas de aula, e, na saída, Melissa ofereceu carona. Como eu pretendia seguir o conselho de tia Lu, boca fechada, inventei que ia estudar na biblioteca. Depois que o carro de Melissa deixou o estacionamento, localizei o boné vermelho e preto na cabeça de um homem mais velho e mais baixo que o primeiro. Parei na guarita, mochila para cá, mochila para lá, e tomei o caminho do Leblon.

Já em casa, liguei para o hospital. As notícias me pareceram boas. Diogo tinha se levantado, andado e passado algumas horas na poltrona do quarto, conversando com amigos. Agora estava dormindo.

Jéssica sugeriu que eu deixasse para visitá-lo no dia seguinte.

– É que o movimento hoje foi meio puxado – explicou. – E amanhã vêm dois policiais: o seu amigo e um investigador da delegacia da Lapa. Eles vêm juntos, o médico autorizou.

DESMARQUEI, COM TRISTEZA, todas as minhas aulas de inglês. Impossível dar aulas em domicílio, se não podia sair de casa.

Tia Lu andava tensa. Tinha dado mil instruções de segurança ao porteiro, instruções tão exageradas quanto seus temores. Ao ouvir que eu cancelava as aulas, me agradeceu, aliviada.

Durante o jantar, meu pai e eu combinamos ir ao hospital logo cedo, no dia seguinte.

– E a proteção policial? – perguntou tia Lu.

Argumentamos que não seria necessária, já que iríamos de uma garagem direto a outra. Preocupada, ela ligou para Vitória, que, por sorte, nos deu razão. As movimentações de rotina, como o percurso de casa à faculdade e vice-versa, é que precisavam ser bem cuidadas. Fora isso, bastava eu ficar atenta quando chegasse, para não ser surpreendida por alguém de tocaia, e quando saísse, para não ser seguida.

Mais tarde, no quarto, sentada a milímetros das fotos de Mariano, fichei alguns textos da faculdade. Trabalhei noite adentro e só me deitei quando as palavras começaram a dançar diante dos meus olhos. Mesmo assim, custei muito a pegar no sono.

ACORDEI LEMBRANDO que precisava dispensar o boné do Flamengo na parte da manhã. Acionei uma única tecla do celular e, em segundos, Alonso atendeu.

– Inspetor?

Ele fez um som afirmativo do outro lado da linha, que não chegou a ser uma palavra.

– Sou eu, Maria Eduarda.

– ...

– Tudo bem com você? – perguntei.

Novamente não respondeu.

Achei que ele estava muito ocupado, então resumi:

– Vou sair com meu pai. Não preciso de proteção na parte da manhã.

Como o inspetor não se manifestou, continuei:

– A que horas você vai tomar o depoimento do Diogo?

– ...

– É que eu queria presenciar. Se puder.

Seguiu-se um silêncio longo.

– Você já teve notícias dele, hoje? – perguntou, finalmente.

– Não, por quê?

– É melhor você ligar pro hospital.

– Por que você está dizendo isso?

– O médico cancelou o depoimento.

Liguei em pânico para Jéssica, que atendeu no primeiro toque. Estava sozinha no quarto.

– Levaram Diogo para fazer uns exames – foi dizendo com voz fanhosa.

– Que exames?

– Umas radiografias, ressonâncias, não sei bem.

– Mas ele está melhor, não está?

– Está pior, Eduarda. Teve febre durante a noite e amanheceu muito caído, sem vontade de falar, sem forças pra se mexer...

Desliguei na cara dela.

Daí a um segundo meu celular tocou. *Moniquinha* foi a palavra que apareceu no mostrador. Tirei o som e deixei tocar.

Pitboys infernizando, calouro morto, costas para a parede, febre, radiografias, boné do Flamengo, olhar seletivo, sinais de trânsito, corpo na sauna, detalhe ínfimo, X-9, geeente! E se Diogo piorasse mais? Se morresse? Minha cabeça era o epicentro de um terremoto.

E o telefone vibrava. Após uma pausa, tornou a vibrar, vibrar. O mostrador informava três chamadas não atendidas. As três de Moniquinha. Desliguei o celular.

Cheguei pronta na sala, onde meu pai tomava café. Expliquei a situação, pedi que fôssemos imediatamente. Meu corpo todo tremia.

QUANDO ENTRAMOS NO QUARTO, Jéssica estava chorando.

– Diogo foi pra UTI – explicou. – Estava engasgando, sufocando.

Vi o mundo se derreter a minha frente.

– Os pais dele já foram avisados? – perguntou meu pai.

Jéssica respondeu que não. Diogo não queria preocupá-los. E lá de Portugal onde estavam não poderiam ajudar em nada. Mas se Diogo não melhorasse nas próximas horas, ela ligaria para eles.

Meu pai saiu em busca de notícias, mas, notícias para quê? Uma intuição anunciava dentro de mim que Diogo estava morrendo. E minha cabeça disparou a latejar mais uma vez o nunca mais, nunca mais, nunca mais. Para sair daquele estado, liguei o celular e retornei a ligação de Moniquinha.

– Menina, estou louca atrás de você! – foi assim que ela atendeu.

– É, eu vi, você ligou três vezes. Mas eu não consegui nenhuma informação sobre aqueles nomes, então, esquece.

– Que esquece o quê, está maluca? Ontem, mostrei a lista a um monte de gente, não deu em nada. Mas hoje – baixou o tom –, uma das minhas melhores clientes, a Raísa, disse que conhece o Gê Aquino e mais dois. Estudou com eles no primeiro...

Apertei *encerrar* e depois *desligar*, porque meu pai acabava de entrar no quarto.

– Vai dar tudo certo – foi logo dizendo. – O problema é que Diogo está com duas costelas quebradas, e uma delas perfurou o pulmão. Estão fazendo uma punção agora, porque o pulmão ficou cheio de líquido.

Resolvi que ficaria no hospital, esperando ele voltar para o quarto. Disse a Jéssica que fosse para casa descansar.

Meu pai conversou com ela sobre assuntos práticos, queria fazer alguma coisa, mas o pessoal da banda já tinha resolvido tudo. O cavaquinho estava entregue a um restaurador e o Fusca a um mecânico. A única coisa que meu pai pôde fazer foi levar Jéssica em casa, antes de seguir para o escritório.

Assim que saíram, tia Lu chegou com Chiquinho. Ela vinha trazendo uma maleta de roupas e itens de higiene para que eu pudesse dormir no hospital. Achava mais seguro.

Meu irmão tinha novidades:

– Ligou uma amiga sua, Mônica Correa. Ela disse que estava no celular com você, a ligação caiu e aí não conseguiu mais falar. Era uma coisa importante, um vídeo que ela conseguiu.

Quando eles chegaram, eu estava pensando justamente na loucura que era a Moniquinha ficar pedindo informações para todo mundo com aquele fax na mão. Até imaginei o que ela dizia às pessoas: "Sabe o calouro que morreu na sauna? Tenho uma amiga que acha que ele foi assassinado por um estudante dessa lista aqui. Dá uma olhada pra mim, vê se você conhece alguém."

Quando enviei o fax, não passou pela minha cabeça que ela mostraria para outras pessoas. No fundo, a gente não consegue mesmo controlar todas as coisas, como Diogo diz.

Encarei meu irmão.

– A Moniquinha só falou do vídeo?

– Só.

– E você?

– Eu não falei nada, nem que você estava aqui.

Um médico apareceu na porta. Segundo ele, Diogo tinha melhorado com a punção. Ficaria um pouco mais na UTI, e, se tudo continuasse correndo bem, dormiria no quarto.

Almocei com tia Lu e Chiquinho na lanchonete, depois fomos olhar o berçário onde ele e eu tínhamos passado nossas primeiras horas de vida. Dali os dois se despediram, e eu voltei para o quarto.

Liguei o celular, apitou o aviso da caixa de mensagens. Era a Moniquinha: "Que loucura, amiga, não acreditei quando seu irmão contou o que aconteceu. Passei pra Melissa, ela também ficou chocada. Mas olha só que incrível: Raísa me emprestou o vídeo da festa de calouros da turma dela. Aparece o Gê. E mais dois da sua lista. Eu e Melissa vamos assistir de novo, hoje à noite. Se der, vai lá pra casa assistir com a gente. E, olha, liga pra dar notícias do teu namorado."

Por telefone, pedi a Alonso que desmontasse o esquema de proteção daquela tarde e o da manhã seguinte. Se eu resolvesse ir à aula, pegaria um táxi no hospital e saltaria dentro da falcudade. Depois de dar notícias de Diogo, perguntei pela investigação.

– Avançando – foi só o que ele disse.

Contei que uma amiga tinha conseguido o vídeo de uma festa de calouros.

– Três veteranos de agora eram calouros na época. Você quer que eu...

Ele não me deixou terminar.

– Se Mariano morreu na festa X, a festa Y não interessa.

Achei que ele estava com aquele sorriso no rosto.

Liguei para Davina e pedi que tentasse descobrir quem tinha jogado cenouras e pepinos pelo basculante. Talvez essa pessoa, no auge da irritação, tivesse ido secretamente ao playground bisbilhotar a festa. E, de um ínfimo detalhe que essa pessoa revelasse, poderia fluir a solução do caso.

Mas Davina já havia perguntado a todo mundo. Ninguém tinha jogado legumes pela janela, nem ido ao play bisbilhotar a festa.

Fiquei sozinha, sentada na poltrona, vendo o tempo correr, e nada do Diogo voltar. E se ele tivesse piorado? Se tivesse morrido? O nunca mais, nunca mais recomeçou a batucar na minha cabeça. Para espantá-lo, fui dar uma volta pela casa de saúde. Sentei-me na lanchonete. Comi a torta de chocolate, que evitei pedir na frente de tia Lu, tomei uma lata de guaraná e voltei ao quarto. Liguei a televisão. Lá pela metade da novela, a porta se abriu, e dois enfermeiros entraram com a maca.

A punção e os medicamentos tinham feito milagre. Diogo respirava bem e se sentia mais dono dos seus movimentos e da sua voz. A boca e o olho começavam a desinchar. Repetiu as explicações do médico, contou tudo sobre a UTI e como se sentia. De repente, lembrou o recado dos encapuzados e me contou o que o preocupava:

– É no rosto que a gente vê a verdade do outro. Como não vi o rosto deles, não sei se o recado era para valer ou para assustar.

Desconfiei que aquele papo de verdade no rosto era a mais nova teoria de Diogo. Pensei por um instante no assunto e vi que discordava. A verdade estava nos fatos. Diogo, que namorava a X-9, estava destruído, e não apenas assustado. Portanto, os fatos mostravam que o recado era para valer.

Mas eu queria falar de outra coisa.

– Diogo – pedi –, vamos falar da gente?

Falei um monte de coisas, coisas que provavam que nós não podíamos ficar longe um do outro. Eu estava super a fim de voltar o namoro.

Diogo só fazia dificultar.

– O que você sente, Eduarda, é pena.

– Claro que estou morrendo de pena. Olha o seu estado.

– Viu? É culpa.

Perdi a paciência:

– Estou dizendo que te amo. Você não acredita?

– Preciso te olhar, para ter certeza.

Era a tal nova teoria, pensei.

Diogo ficou me olhando um bom tempo, depois levou minha mão até sua boca e, como não conseguia beijar, roçou com os lábios meus dedos, um por um.

– Você viu alguma coisa no meu rosto? – perguntei, realmente curiosa.

– Diz você, primeiro, o que está vendo no meu.

– Tudo bem.

Olhei da testa ao queixo e de uma orelha à outra, com toda a atenção.

– Lamento, Diogo, mas não sou boa nisso.

– Não é possível que você não veja nada. Faz um esforço.

Fiz.

– Vejo hematomas, pronto. Sua vez.

– Posso ser franco?

– Fala logo...

– O seu rosto mostra saudade de mim.

Tirei da mochila um envelope e entreguei a ele. Era o desenho com pedido de desculpas que eu tinha feito há mais de uma semana. "A vida sem você é uma experiência trágica". Diogo agradeceu. Estávamos reconciliados.

– Como anda a investigação da morte do Mariano? – perguntou.

– Mal. A cena do crime foi totalmente faxinada, não ficou um indício, uma prova, nada.

Contei que Edmilson parecia não entender a gravidade do que tinha feito. Aliás, parecia não entender a gravidade de alguém ter morrido, porque ria e fazia graça sem a menor cerimônia.

Diogo tinha uma teoria para explicar Edmilson:

– Ele funciona em outro código.

Notando que a explicação não tinha me convencido, continuou:

– Para nós, civilizados, um cara nu em local público representa atentado ao pudor.

– Para os índios é a coisa mais normal do mundo – completei. – Sim, e daí?

– Códigos diferentes. Pelo código de Edmilson, como os mortos não têm necessidades, o que vale é a necessidade dos vivos.

Portanto, Edmilson não ia deixar de faturar um extra, com a venda de latas e garrafas, para facilitar o trabalho da polícia. A elucidação do crime não adiantava nada para o morto. Mas, para o faxineiro, um dinheirinho extra adiantava muito. Seguindo por essa linha, Diogo queria que eu reformulasse meu julgamento.

– A questão – concluiu – não é Edmilson não entender a gravidade do seu ato. A questão é que, no código em que ele funciona, seu ato não tem a menor gravidade.

Nesse ponto, Vitória entreabriu a porta do quarto. Diogo se calou, surpreso com a visitante que ele não conhecia. Achei bom, porque o rumo daquela conversa estava começando a me irritar.

– Ei, não sabia que você vinha – disse levantando-me para beijá-la.

Trouxe Vitória para perto de Diogo e apresentei os dois.

– Nossa, Diogo – assustou-se ela. – Foi um massacre o que fizeram com você. Lamento. Lamento mesmo.

Diogo só lamentava os capuzes usados pelos agressores.

– Não pude ver o que queriam realmente.

Pensei que Vitória fosse discordar da verdade no rosto, mas, pelo contrário, ela comentou que nas polícias bem estruturadas, principalmente nos países ricos, havia pessoas especializadas em interpretação de gestos e expressões faciais.

Vitória se despediu, insisti em acompanhá-la ao estacionamento. No caminho, perguntei se havia novas informações sobre a morte de Mariano. Ela não sabia e, vendo minha aflição, telefonou para Alonso.

Pedi que descobrisse se ele tinha conseguido a quebra do sigilo telefônico de Mariano e as multas de trânsito da Lapa. Vitória fez as perguntas e ouviu as respostas dizendo hã-hã, hã-hã.

Quando desligou, estávamos na recepção da casa de saúde, esperando o funcionário do estacionamento trazer o carro. Depois de guardar o celular na bolsa, Vitória repassou as informações:

– O juiz autorizou a quebra do sigilo telefônico.

– E as multas?

– Nenhum estudante foi multado. Alonso mandou ampliar a pesquisa. Sobrenomes e endereços dos estudantes vão ser cruzados com os dos proprietários dos veículos multados.

Achei bem pensado, porque praticamente todo mundo da minha idade dirigia, e quase ninguém possuía carro em seu nome. Assim, quem tivesse sido multado no carro da família seria apanhado.

O carro de Vitória chegou. Ela me beijou e se foi, sem que eu pudesse perguntar mais nada.

13

Diogo tinha acabado de tomar banho com a ajuda da enfermeira, quando Jéssica chegou trazendo livros e roupas. Depois de refeitos os curativos, ele trocou o aventalzinho ridículo do hospital por uma bermuda e uma camisa abotoada na frente.

– Me sinto outro – disse.

Jéssica riu:

– Eu diria que você está voltando a ser o mesmo.

Aquela era uma conversa que eles adoravam esticar ao infinito: ego, *alter ego*, o outro que sou eu, o eu que somos outros e por aí afora. Peguei minha mochila, desci, chamei um táxi e mandei tocar para a PUC.

Entrei na sala 606 F e não senti a aura pesada que me causava paranoia desde a morte de Mariano. Mas logo entendi que o que parecia tão bom, podia ser péssima notícia. Todos os estudantes que participaram da confraternização encontravam-se ausentes da sala, o que significava que estavam reunidos em algum outro lugar.

Melissa falava no celular, sentada no fundo da sala. Ao me ver, arregalou um olhão e ficou fazendo sinais pouco discretos de que tinha algo bombástico para contar, mas não desligou o telefone quando sentei ao lado dela. Nem quando chegou o professor de Introdução à Ciência do Direito I. Pouco depois, chegaram, em bloco, os alunos que faltavam. A aula começou e Melissa continuava ao telefone.

No intervalo, fomos andar nos pilotis, longe de olhos e ouvidos pouco confiáveis. Depois de pedir notícias do meu namorado, ela entrou no assunto bombástico.

– O vídeo da Raísa é uma loucura!

– Me diz uma coisa antes – pedi. – Essa menina é da turma do Gê?

– Foi, por um semestre, mas ficou grávida e largou a faculdade. Aí casou, teve o filho e nunca mais falou com ninguém da PUC. Ela emprestou o vídeo, mas fez a Moniquinha jurar que só ia mostrar pra gente.

Era o que eu precisava ouvir. Não queria expor outras pessoas ao que Diogo tinha passado.

Melissa riu, revirou os olhos, balançou a cabeça.

– Tem umas coisas engraçadas, mas no geral é muita baixaria. Eu vou te dar só um trailer, depois você vê o filme.

Contou que havia calouros de porre, calouros sujos de farinha, de cola, de tinta. Calouros sentados no chão, fabricando órgãos sexuais com massinha. Calouros jogados na piscina, calouros de cueca, calouros equilibrando pepinos na braguilha...

A palavra *pepinos* me fez interromper Melissa:

– Hein, pepinos o quê?

– Saindo pela braguilha. A festa foi uma loucura. Eu e Moniquinha ficamos chocadas!

– Os meninos ficavam segurando o pepino como se fosse...?

– Isso e outras coisas que os veteranos mandavam fazer. Uns tiveram que desfilar, rebolando e balançando o pepino. Outros ficaram em pé na cadeira, esfregando o pepino feito uns tarados.

– Tinha cenoura também?

– Essa foi a parte pior, deu até pena. As meninas tinham que se ajoelhar, com as mãos amarradas para trás, cada uma na frente de um garoto.

– Pra que isso?

– Pra chupar a cenoura.

– A cenoura ficava... – perguntei, sabendo o que iria ouvir.

– Entre as pernas dos meninos.

Lembrei de Diogo elogiando a minha sabedoria. De certa forma estava certo. Eu tinha escapado daquilo.

OLHEI O RELÓGIO, a aula de Direito Romano estava começando. Andamos rápido até o elevador. Enquanto subíamos ao sexto andar, tirei o celular da mochila e chamei o inspetor Alonso.

– É uma emergência? – foi assim que atendeu.

Fiquei constrangida, muda.

– Maria Eduarda?

Eu tinha uma informação que valia ouro, mas...
– Está tudo bem.
– Falo com você mais tarde – disse e desligou.

TERMINADA A AULA de Direito Romano, Melissa perguntou se eu queria ir à casa da Moniquinha assistir ao vídeo da Raísa. Recusei, tinha urgência em contar a Alonso sobre os trotes.

– Você quer que eu te dê uma carona?

Eu disse que sim. Inventei que precisava dar um pulo no banheiro e combinei de encontrá-la direto no estacionamento. Enquanto Melissa entrava na fila para pagar, atravessei a guarita da PUC, localizei o boné do Flamengo e fui até ele.

O policial acendeu um cigarro, sem me olhar.

Tive uma ideia. Encostei o celular no rosto, como se atendesse uma chamada, e com três frases resolvi meu problema:

– Vou pra delegacia de carona com uma amiga. Preciso falar com o inspetor. Desculpa, mas é urgente.

Virei as costas, tornei a entrar na PUC e corri para encontrar Melissa. Minutos depois, saltava do carro em frente à 14ª DP.

O cara do boné deve ter se comunicado com Alonso, porque ele me esperava atrás do balcão, logo na entrada.

– O que houve? – perguntou, enquanto percorríamos o corredor.

– É sobre aquele vídeo da festa Y, que você achou que não interessava. Sabe as cenouras que Edmilson encontrou no chão do playground?

– Que cenouras?

– As cenouras e os pepinos, uns esmigalhados, outros inteiros.

– No depoimento dele não tem nada disso.

– Não? Mas ele disse a mim. Davina estava junto e nós até pensamos que alguém tivesse jogado pela janela, por causa do barulho.

Notei Alonso impaciente, achei que fosse me dispensar.

– No vídeo da festa Y – continuei o mais rápido que pude –, tem um trote horrível, super-humilhante, com pepinos e cenouras. Teve o mesmo trote na festa X, a prova...

Fui interrompida:

– Estou tomando um depoimento.

Apressei o relato das meninas chupando cenouras e dos meninos desfilando pepinos, e vi aquele sorriso estranho contaminar o rosto do inspetor.

– Você pode me esperar? Talvez eu precise desse material.

É claro que eu podia.

Mandou que eu tornasse a ver as imagens da portaria do Gê. Deu instruções ao policial do boné vermelho e preto, que acabava de chegar, e sumiu pelo corredor.

Depois de ligar para casa, sentei-me sozinha em uma sala para rever meus colegas entrando e saindo do prédio no dia da festa. O fato de haver policiais especializados em analisar expressões faciais não me saía da cabeça.

A qualidade da imagem não era muito boa, mesmo assim, examinei a fita inteira em busca de um sinal. Os rostos na entrada me pareceram bem inocentes. Na saída, não era possível observar, pois a câmera estava posicionada de forma a filmar apenas as costas dos que saíam do elevador e um pouco do perfil quando deixavam o prédio. Com a chegada do inspetor, desliguei o vídeo.

Alonso demonstrava uma disposição positiva que eu ainda não conhecia. E disse o motivo: tinha feito o primeiro estrago na versão mentirosa que todos contavam. Um falso testemunho era como um castelo de cartas. Bastava um pedacinho estremecer para o conjunto todo vir abaixo.

Contou que estava tomando o depoimento de Joana quando cheguei. Depois de nossa conversa no corredor, voltou à sua sala e perguntou:

– Você fez dupla com Mariano na prova da cenoura?

Joana tomou um susto.

– Não – repondeu categórica.

– Mariano era do seu time na gincana?

A menina, que até então repetia as mentiras combinadas, emudeceu. Após alguns segundos de confusão, disse que não se lembrava.

– Você não lembra do seu par? Ou não lembra da competição?

Joana não respondeu.

– Quem foi seu par na prova da cenoura?

Continuou muda.

– Você ficou ajoelhada com uma cenoura na boca e não se lembra? Não sabe quem estava em pé na sua frente?

Alonso deu um comando no computador e se levantou. Foi até a impressora e puxou a página que acabava de ser impressa.

– Tem certeza de que é esse depoimento que você quer assinar? Que não se lembra de nada? – perguntou, balançando a página. – Tem gente se lembrando de tudo, e você vai ficar indefesa quando implicarem seu nome.

Alonso entregou a página e uma caneta a Joana.

– Assina e está dispensada.

Joana não assinou e começou a contar o que antes negava.

– Participei da gincana – repetiu a palavra espertamente usada pelo inspetor. – Todos participaram.

– E da competição de bebida, você também participou?

– Participei. Acho que é por isso que não lembro muito bem de algumas coisas. Misturei cerveja e cachaça.

– Que calouros se recusaram a participar dos trotes?

Joana se assustou com a palavra trote e emudeceu novamente. Em seguida foi dispensada por Alonso. Deve ter saído da delegacia pensando, como dr. Samuel, que o inspetor queria infernizar sua vida.

Alonso terminou o relato com uma expressão alegre. Estava empolgado com os trunfos obtidos para os próximos depoimentos. O castelo de cartas começava a vir abaixo. E tinha mais:

– Vai sair uma notícia importante para o inquérito.

– Que notícia? – perguntei.

– Você vai ler amanhã – respondeu, com um risinho satisfeito.

O jornal era o que nós recebíamos em casa todos os dias. Pediu que eu levasse para a faculdade e desse um jeito de mostrar a meus colegas.

Batucou os dedos na mesa, dando por encerrada a conversa, e se ofereceu para me levar em casa. No caminho elogiou o trunfo que eu lhe havia fornecido, mas reafirmou que não estava interessado no vídeo da Raísa.

ENTREI EM CASA e liguei para Jéssica.

Diogo teria alta na manhã seguinte, e o baterista da banda Arruaça iria buscá-los.

Pedi que encostasse o telefone no ouvido do meu namorado. Fui para a frente do espelho e sussurrei:

– Sabe o que estou vendo no meu rosto? Saudade de você.

14

De manhã, folheei o jornal e em um instante encontrei a notícia que eu devia propagar. O risinho de satisfação que tinha visto no rosto de Alonso estava plenamente explicado.

"UNIVERSIDADE DESISTE DE EXPULSAR ESTUDANTES ENVOLVIDOS EM TROTE", essa era a manchete. E a notícia:

> "A comissão formada pela PUC para avaliar a morte do calouro Mariano Coutinho decidiu que nenhum estudante será expulso. Mariano morreu durante uma festa, em circunstâncias ainda não esclarecidas. A polícia suspeita que foram aplicados trotes nos calouros, prática proibida pela universidade. Segundo um integrante da comissão, apenas os trotes realizados no campus ou nos arredores podem ser punidos.

– Temos que garantir aos calouros o direito de entrar, permanecer e sair do campus sem constrangimentos. Nosso regulamento não se aplica a festas particulares – explicou.

O inspetor Alonso da 14ª DP, responsável pelas investigações, aprovou a decisão e vai ouvir novamente os estudantes. Ele acredita que o medo da expulsão prejudicou alguns depoimentos.

– Meu objetivo é apurar a verdade. Por isso vou dar aos jovens uma segunda chance."

Cheguei à PUC com o jornal enfiado na mochila, e não foi preciso pegá-lo. Sentados na escada, alguns colegas meus liam em conjunto a notícia. Outros, no corredor do sexto andar, comentavam o assunto. Comemoravam abertamente a não expulsão, mas estavam injuriados com a possibilidade de serem reconvocados, principalmente porque o jornal dava a entender que se tratava de um favor especial do inspetor. Diziam, em tom pouco amistoso, que Alonso ia perder seu tempo.

EM PLENA AULA de Sociologia I, escutei um toque de campainha rápido e único.

Melissa jogou os cabelos soltos por cima do ombro e se inclinou até alcançar a bolsa no chão. Sacou o celular de um compartimento externo, elevou a mão acima da cabeça e sacudiu, para que as pulseiras, que tinham escorregado em direção aos dedos, voltassem ao antebraço. Em seguida, posicionou o celular na frente do rosto e leu o visor com os olhos arregalados, acionando várias vezes a mesma tecla. Com a mão livre, liberou os cabelos acumulados no ombro, e eles foram se espalhando costas abaixo, por igual. De repente, esticou o celular na minha direção.

É claro que cravei o olho no quadro-negro. E me recusei a pegar o telefone. Considerava aquilo uma tremenda falta de consideração com o professor.

Melissa não estava nem aí. Apanhou a bolsa e se levantou.

– Vem, é urgente – cochichou junto a minha orelha.

Esticou o corpo e cruzou a sala na maior tranquilidade. Como se tivesse todo o direito do mundo de sair no meio da aula. Baixei a cabeça, me encolhi o quanto pude e fui atrás dela. Aquele "vem, é urgente" tinha roubado minha concentração.

No corredor do sexto andar, Melissa mostrou a mensagem de Moniquinha Correa no visor: *Urgente. Preciso falar com Eduarda.*

O meu celular tinha ficado na mochila, na sala de aula. Ligamos pelo de Melissa.

Moniquinha atendeu e, em lugar de "alô", foi logo dizendo:

– Estou com cliente, não posso falar. Liga pra Davina, liga pra Davina.

Ligamos. A polícia tinha acabado de levar o faxineiro algemado.

É claro que quem entrou na sala de aula para buscar minhas coisas foi Melissa. Minutos depois, deixávamos o estacionamento da PUC. Olhei o relógio, passava um pouco de meio-dia.

GÊ AQUINO ESTAVA NA PORTARIA com a cara mais satisfeita do mundo. Notei a transformação do seu rosto quando me viu.

Reclamou com seu Jorge por ter destravado a porta.

– Essas duas não são moradoras, como é que vão entrando assim? Vou falar com o síndico que isso está uma baderna. Um já saiu daqui preso, você quer ser mandado embora?

Cabeça baixa, o porteiro perguntou aonde íamos.

Cabeça alta, Melissa determinou:

– Avisa a Mônica Correa que eu estou subindo com uma amiga.

Seu Jorge pegou o interfone.

– Avisa, não! – Gê balançou o dedo indicador junto ao rosto do porteiro. – Pergunta se a moradora está esperando essas duas.

Seu Jorge desistiu do interfone.

– Ela não está em casa.

Mais arrogante do que nunca, Gê Aquino abriu a porta para nos botar na rua. Acostumada a respeitar regulamentos, fui saindo, mas minha amiga esteve longe de perder a pose.

– Eu disse Mônica Correa? Devo estar louca.

Parei e me voltei a tempo de vê-la revirando os olhos. Botou a mão na testa, riu:

– Tenho tantos amigos nesse prédio que até me confundo. Hoje vim visitar o Carlão. Carlos Augusto Monteiro. Avisa a ele que Melissa está subindo com uma amiga.

Gê soltou a porta em cima de mim furioso e entrou no elevador.

Depois que o elevador subiu, seu Jorge nos avisou que Carlão também não estava em casa. E simplesmente passou a separar correspondência, sem se interessar em nos tirar do prédio.

Chamei Davina pelo celular. Expliquei que estava na portaria com Melissa. Ela pediu que fôssemos direto à casa do porteiro.

Encontramos Zizinha, com o filho no colo, tremendo, histérica. Achava que o marido seria preso a qualquer momento.

– Seu Jorge? Preso, por quê? – perguntei.

A tremedeira piorou.

– Fala, Zizinha – Davina ordenou. – Acaba com isso de uma vez.

Zizinha falou do corpo encontrado na sauna. Na hora, chegou a pensar que Mariano estivesse vivo, sentado de olho aberto no banco de madeira. Edmilson insistiu que estava morto, mas ela e o marido ficaram chamando da porta, moço, sai daí, achando que estava em transe. O porteiro afinal entrou e mexeu no homem. O corpo caiu do banco, ela começou a gritar e correu para casa. Seu Jorge e Edmilson puseram o morto sentado de novo, do jeito que encontraram, e nada contaram à polícia. Zizinha achava que Edmilson, agora que estava preso, iria confessar. E aí, viriam buscar seu Jorge.

Notei Melissa revirando os olhos e murmurando "não acredito". Fiz sinal que parasse, aquilo podia desencorajar a sinceridade de Zizinha. Era preciso tranquilizá-la e foi o que fiz, assegurando que seu Jorge podia dizer a verdade, sem susto.

– Ele agiu certo. Pegou em Mariano para prestar socorro. Não sabia que estava morto.

Davina concordava, seu Jorge e Zizinha não tinham feito nada de errado.

– Quem fez besteira foi Edmilson. Eu disse a ele, não disse, Zizinha? Eu não avisei que ele estava chamando desgraça?

Zizinha confirmou com a cabeça.

Davina concluiu:

– Aí, está pagando.

– Como assim, chamando desgraça? Ele está pagando o quê? – perguntei.

– Edmilson não deixou o falecido ser enterrado com os óculos. Pegou pra ele.

Zizinha completou:

– Jorge mandou botar os óculos de volta na sauna, mas ele ficou rindo, dizendo que era besteira, que o homem não ia precisar mais.

Edmilson funcionava em outro código, pensei, Diogo tinha razão.

Melissa recomeçou a balançar a cabeça e murmurar não acredito, o que, para minha surpresa, estimulou Davina a dizer coisas mais inacreditáveis ainda.

– Pensa que os mortos não podem fazer nada? Pois fique sabendo que eles podem muito mais que os vivos. E esse fez. Botou na cabeça da polícia que Edmilson era assassino.

Tive que interrompê-la.

– Edmilson está sendo acusado...?

– Estão dizendo que ele matou o estudante.

– Como é que é?

– Pergunta pro garagista. Ele ouviu tudo.

Deixamos Zizinha em casa e descemos à garagem.

Os policiais tinham dado uma busca no alojamento dos funcionários do prédio e encontrado um celular no armário do Edmilson. Exigiram o contrato, a nota fiscal, qualquer coisa que provasse que o celular era dele. Edmilson explicou que tinha achado o telefone no lixo. Os policiais examinaram o aparelho e viram que ele estava mentindo. O celular pertencia ao calouro que morreu.

Cismaram que o faxineiro tinha matado Mariano para roubar o celular, e o levaram preso.

Davina garantia que Gê Aquino estava por trás de tudo.

– Matou o colega – acusou –, e está jogando a culpa no Edmilson. A corda sempre estoura do lado mais fraco. A polícia só prende os pobres. Gê é rico...

Tive que reagir:

– Quem está jogando a culpa em quem não deve é você. O Mariano teve uma morte suspeita, o celular dele desapareceu, e onde foi que a polícia encontrou? No armário do Edmilson. Edmilson foi preso por causa disso e, principalmente, porque mentiu, não porque é pobre.

Zizinha surgiu na garagem, aflita, com um recado:

– O Jorge mandou avisar que tem um guarda multando os carros estacionados aqui em frente.

Melissa revirou os olhos.

– Vou ter que ir lá.

– Te encontro em um minuto – disse a ela. Virei-me para os outros dois: – A gente sabe que o Edmilson não matou o Mariano. Mas, com esse monte de droga que fez, ele se tornou suspeito. Não foi o *morto* quem botou isso na cabeça da polícia, foi o próprio Edmilson.

Davina e o garagista não disseram nada.

– Bom – resolvi –, vou à delegacia ver o que está rolando.

Saí dali já meio arrependida de ter sido dura, mas também, fazer o quê? Não dá para ficar ouvindo que Fulano está sendo perseguido porque é pobre, nada a ver. Aliás, precisava dizer a Diogo que em alguns assuntos todo mundo tinha que funcionar no mesmo código. Direito era isso. Civilização também.

QUANDO CHEGUEI À CALÇADA, Melissa manobrava para sair da vaga. Ia escapar sem multa, porque o guarda ainda tinha uns três carros para anotar antes de chegar ao dela.

Notei, no outro lado da rua, uma motocicleta parada, com dois caras. Um deles olhava o carro de Melissa, o outro observava o guarda. A cena fez vibrar dentro de mim um sinal de alerta, que eu abafei imediatamente. Detestava ser apocalíptica, paranoica.

Bati no vidro, Melissa parou a manobra por um instante e destravou as portas. Depois que entrei, ela arrancou, seguiu pela avenida Prudente de Morais por meio quarteirão, acionou o pisca-pisca e começou a deslocar o carro à esquerda. Pelo espelho lateral, vi que a moto nos seguia.

– Melissa, eu preciso ir à 14ª DP, você pode me deixar lá?

– Posso, claro.

Mudou o pisca-pisca de lado, olhou pelo retrovisor e guinou o carro para a direita. Pelo espelho lateral verifiquei que a moto fazia os mesmos movimentos. Antes que eu dissesse qualquer coisa, Melissa apertou um botão que travou todas as portas.

– Tem dois caras querendo assaltar a gente – foi seu único comentário.

Estava tensa e, a não ser pelos olhos que a todo instante checavam o retrovisor, nada nela se mexia.

Tirei o celular da mochila e apertei a tecla de discagem rápida que me conectava ao inspetor Alonso. Quando atendeu, gritei:

– É uma emergência, é uma emergência!

– Explica o que está acontecendo – pediu.

– Eu e minha amiga estamos sendo seguidas por uma moto.

Por sorte, pegamos uma sequência de sinais abertos, e tive calma para ouvir e responder as perguntas dele.

– Estamos na Prudente de Morais. Em uma Pajero azul-marinho com vidro escuro. São dois caras na moto.

Do outro lado da linha, vinham as instruções:

– Continua em frente, entra à direita na Afrânio de Melo Franco e vem direto pra delegacia. Um investigador vai esperar vocês lá fora. Deixa o celular no colo, no viva-voz, e vai informando a posição de vocês.

– Melissa...

Ela me interrompeu:

– Eu ouvi. Era o caminho que eu já ia fazer, mesmo.

Continuava tensa, antenada no trânsito à frente, e no retrovisor. Dirigia em alta velocidade.

– Estamos passando o Jardim de Alah – gritei.

Quem não consegue manter o controle em momentos de tensão não pode seguir carreira policial. Você tem que sentar de costas para a parede e de frente... Droga, eu estava sentada de costas para o perigo. Virei-me para trás, exatamente no momento em que tudo começou a acontecer.

A moto ultrapassou o carro que vinha logo atrás do nosso.

– Não, não, não – ouvi a voz sufocada de Melissa.

Senti que nossa velocidade diminuía. Olhei para a frente e dei com um sinal vermelho impossível de avançar. Olhei para trás, a moto se lançava pela direita.

Melissa colou o carro no meio-fio, tentando impedir que os dois alcançassem a minha porta. Deu certo. Ficaram sem espaço, tiveram que frear e quase tombaram. Segundos depois, empinaram a frente da moto e subiram a calçada.

– Abre, abre, abre – Melissa implorava ao sinal.

Vi uma arma surgindo da cintura do motoqueiro carona. O celular tremia no meu colo. De dentro dele saíam perguntas: *O que está acontecendo? Onde vocês estão?*

O desespero circulava feito sangue, irrigando meu corpo inteiro. A moto emparelhou com a minha porta. Um dos rapazes agarrou a maçaneta e puxou. Olhei o celular no colo, queria informar nossa posição, pedir ajuda, mas as cordas vocais não funcionavam. O rapaz agora puxava a maçaneta com tanta força que a Pajero chegava a balançar. A porta, por milagre, não se abria.

Uma barra de ferro, que não sei de onde apareceu, se chocou contra o vidro. Melissa, não podendo afundar o pé no acelerador, afundou o dedo na buzina. Do telefone celular saía a voz do inspetor, mas eu não sei o que dizia. A mão que segurava a arma se ergueu na altura da minha orelha. Com os pensamentos colidindo, não consegui gritar, avisar que ia morrer. O dedo puxou o gatilho.

Explosão na janela. No meu colo, o celular vibrava com um som altíssimo de sirene. Passei a mão na orelha, saiu limpa, no cabelo, limpa, virei de frente para o perigo no momento em que o dedo apertava pela segunda vez o gatilho. Vi a nova explosão, vi o vidro se contorcer mais um pouco, e a sirene que zunia no celular tomou conta da rua. Pela terceira vez, o dedo apertou o gatilho. Passei a mão na testa, limpa. Uma coisa muito mágica estava acontecendo. A bala tinha se alojado com as outras no vidro. O motoqueiro sacudiu o carro pela maçaneta, xingando feito um alucinado.

Comecei a rir. Ouvi minhas gargalhadas misturadas à sirene da polícia e a muitas buzinas. A moto girou na calçada e fugiu a toda no sentido contrário. O sinal abriu, os carros começaram a andar, Melissa acelerou. Uma Patamo, sirene ligada, passou por nós na contramão e lá se foi, perseguindo a moto. Ouvi que Melissa também gargalhava. Dirigia e gargalhava. Éramos duas loucas.

15

O delegado titular da 14ª DP abriu uma ocorrência de dupla tentativa de homicídio e mandou um investigador levantar a possível ligação entre os motoqueiros e Gê Aquino. Tomou essa decisão depois de conversarmos sobre o bilhete ameaçador que eu tinha recebido na PUC, o espancamento do meu namorado, a estupidez de Gê na portaria, e o surgimento dos dois rapazes interessados em nos matar.

Quanto a Edmilson, Melissa e eu tivemos uma ótima notícia: estava prestando esclarecimentos e seria liberado.

Já a notícia seguinte me assustou: um pessoal da imprensa nos esperava do lado de fora para fotos e entrevista.

– Nós não vamos falar com ninguém – fui logo avisando. – E não queremos ser filmadas nem fotografadas.

Enquanto eu dizia isso, Melissa tirava da bolsa escova e apetrechos de maquiagem, inclusive um espelho. Arrancou o frufru que prendia o rabo de cavalo, escovou os cabelos, passou batom e rímel.

Pouco depois, Melissa posava para fotos ao lado da Pajero blindada.

– Foi um atentado – declarou, mostrando o vidro estilhaçado. – Mandaram matar minha amiga.

– Você sabe quem mandou? – perguntou um dos repórteres.

– Sei.

Exatamente estas declarações e imagens, seguidas da cena em que os repórteres berravam perguntas e o delegado escoltava Melissa para o interior da delegacia, viriam a aparecer em todos os noticiários da noite.

O inspetor Alonso chegou, contando que os motoqueiros tinham fugido para o morro Pavão-Pavãozinho e que a polícia militar estava dando buscas na área. Perguntou se seríamos capazes de reconhecê-los. Dissemos que sim e ele mandou vir os álbuns.

Enquanto aguardávamos, perguntei como havia descoberto que o celular de Mariano estava com Edmilson.

– O celular estava em uso. Detectamos várias chamadas para um número na Paraíba. Pedi a identificação do assinante, era a mãe do faxineiro.

Lembrei do cruzamento de dados dos estudantes e dos multados pelos pardais da Lapa. Perguntei se havia novidades. Nenhuma. Aquela linha de investigação não tinha levado a lugar nenhum.

Trouxeram os álbuns de foto, Alonso pediu que olhássemos com atenção. Nesse momento, o irmão de Melissa entrou na sala.

Supergato, bem-vestido, sócio de uma financeira, Rodrigo era o cara que tia Lu escolheria para meu marido. Nos poucos minutos em que esteve na 14ª DP, tratou dos papéis exigidos pela seguradora e tentou convencer o delegado a liberar a Pajero sem perícia. É claro que não conseguiu.

O que mais me impressionou foi que ele não fez perguntas relacionadas ao crime, aos criminosos, às providências policiais. Seu foco era mandar logo a camionete para a oficina.

– Nós não temos carro reserva – justificou –, e os táxis não são blindados.

Fora isso, estava interessado em que a seguradora pagasse a conta. Portanto, quando os papéis ficaram prontos e ele entendeu que a Pajero ficaria retida, não perdeu tempo.

– Vamos, Melissa – disse, fechando o álbum de fotos que ela folheava.

Os dois se foram, e eu achei aquilo uma tremenda falta de consideração. Como se o esforço da polícia para nos defender, e a sociedade, de dois matadores não tivesse a menor importância.

Fiquei sozinha, tentando me concentrar nas fotos. Estava nisso quando Vitória surgiu, brava, na minha frente.

– Você foi muito irresponsável, Maria Eduarda!

Eu não disse nada.

– Podia ter acabado com a sua vida.

Continuei calada.

– Com a vida da sua amiga também.

Calada.

– Com a do seu pai.

– Meu pai?

– Seu pai, sim. Você acha que ele aguentaria? O carro parado no sinal, o tiro na cabeça, a dor, a perda, quinze anos depois, tudo outra vez, igual?

Fechei o álbum e pedi a Vitória que não dissesse mais nada.

– Vem – ela disse. – Vou te levar pra casa.

AVISEI A DIOGO que não iria lá e contei por alto o que tinha acontecido. Mais tarde, ele e Jéssica assistiram ao noticiário na televisão e telefonaram abalados. Eu também tinha assistido, lá em casa, sentada na sala com minha família. Terminada a reportagem, meu pai, tia Lu e eu nos olhamos com a mesma sensação de derrota. Enquanto isso, Chiquinho era um vendaval de alegria.

Fui me deitar exausta. A perseguição da moto e os tiros voltavam em flashes, e eu não conseguia dormir. A todo instante levantava, meio sonâmbula, para ir à geladeira, ao banheiro, à janela. No meio da noite, me vi em plena praia.

As ondas iam e vinham e eu, sentada na canga, olhava. De repente, ouvi um barulho, olhei, era uma lancha se aproximando. Cheia de gente, gente amiga que acenava para mim. De um pulo me levantei, acenei de volta e corri para o mar.

– Duaaar... – a voz não tinha nada a ver com a lancha.
– Duaaaar.... – parecia um chamado do outro mundo.

Fingi que não era comigo e mergulhei. A voz mergulhou também.

– Duarda... – a voz chamou debaixo d'água.

Alguém me sacudia.

– Eduarda!

Reconheci a voz de Chiquinho e acordei.

– O que é, menino? – Abri os olhos. – Que horas são?

– São oito horas, e o inspetor Alonso está lá embaixo. O papai e a mamãe foram andar na praia. Que que eu faço?

– Manda ele subir.

– *Yes!* – ele gritou e saiu aos pulos.

Em minutos, me aprontei.

Entrei na sala, Alonso falava ao telefone, e meu irmão zanzava em torno dele feito mosca de padaria. Quando me viu, foi logo dando a notícia:

– Os caras que tentaram te matar estão presos. Você vai fazer o reconhecimento.

Sentei-me diante da mesa do café.

Meti um biscoito na boca e apontei a jarra, oferecendo suco de laranja ao inspetor. Em resposta, ele levantou o polegar. Enchi dois copos e comecei a tomar o meu.

Chamei meu irmão.

– Onde a polícia prendeu os caras? – perguntei, só para mantê-lo distraído e longe de Alonso.

Chiquinho me corrigiu cheio de deboche:

– A polícia não fez nada, Eduarda. Os caras se entregaram.

Vi que Alonso desligava o telefone. Estendi-lhe o suco.

– É verdade que os motoqueiros se entregaram? – perguntei.

Alonso se aproximou, pegou o copo.

– É.

– Espontaneamente?

– Espontaneamente, não. Foram obrigados pelo comando do tráfico.

Explicou que os traficantes do Pavão-Pavãozinho não apoiavam a ação criminosa de moradores nas imediações. E não era por escrúpulo, já que se envolviam com roubo de automóveis, assalto a quartéis, bancos e residências, homicídios, sequestros, conforme seus negócios necessitassem de veículos, armas, dinheiro ou extermínio de concorrentes, devedores, dedos-duros. O que os chefes do tráfico não admitiam era que criminosos independentes atraíssem policiais para as áreas que controlavam. Por isso os matavam, feriam, expulsavam, ou mandavam que se entregassem. Como tinham poder de vida e morte sobre a população, eram prontamente obedecidos.

Alonso tomou o suco de laranja.

– Preciso que você vá à delegacia fazer o reconhecimento – disse, recolocando o copo sobre a mesa.

– Claro, vou pegar minha mochila.

OLHEI PELO VIDRO e soube imediatamente quais eram os rapazes. Eram muito parecidos, um deles bem menino, ambos muito assustados. Indiquei-os à policial que me acompanhava.

– Foram esses que se entregaram, não foram? – perguntei, para ter certeza.

Ela confirmou com a cabeça.

– Só tem um problema: não foram eles que atiraram em mim.

A policial hesitou.

– Tem certeza? Eles confessaram.

– Não foram eles – insisti.

– Você não precisa ter medo de represália.

– Não estou com medo. É que não foram esses dois.

Estávamos nisso, quando Alonso mandou suspender o reconhecimento. Uma equipe estava saindo para prender os verdadeiros culpados.

Caminhei uns dois quarteirões seguida pelo policial de boné, mas não me sentia segura. Ficava tensa a cada ronco de motocicleta que ouvia. Fiz sinal para um táxi, entrei, dei tchau para o investigador, disfarçadamente, e mandei o motorista tocar para a PUC.

Estudei na biblioteca sem conseguir me concentrar. A cada parágrafo, tirava os olhos do texto para varrer o ambiente. Pouco antes das onze, recolhi minhas coisas e subi pela escada até o sexto andar.

MELISSA, CERCADA DE GENTE, contava a aventura da véspera.

– Por que você não dá o nome do mandante? – perguntou alguém.

– Porque não tenho certeza.

– É aluno daqui? – continuaram forçando a barra.

Melissa suspirou, revirou os olhos, balançou-se inteira e não respondeu.

– É da PUC? – alguém insistiu.

– Está na cara que sim – eu disse, entrando na sala.

Melissa olhou para mim, assustada.

Domingos, um menino que não tinha estado na confraternização, fez o comentário óbvio:

– Se está na cara, diz quem é, diz o nome.

– Descobre você – provoquei.

Com sua afetação habitual, Melissa entrou no jogo:

– Hellooooo! É autoexplicativo. Ontem, nós saímos no meio da aula e fomos para o prédio do Gê. Ele tentou nos barrar. Nós entramos na moral. Meia hora depois tinha uma moto parada na porta, com dois caras, esperando a gente. – Revirou os olhos. – E aí, o que vocês acham?

– Calma, vamos calcular o tempo – sugeriu Domingos. – Vocês saíram daqui ao meio-dia. Meio-dia e quinze chegaram ao prédio do Gê. E saíram meio-dia e quarenta e cinco.

Todo mundo acompanhava o raciocínio.

Melissa jogou a cabeça na direção de um ombro, depois do outro. Repetiu essa alternância umas três vezes.

– Mais ou menos por aí – concordou.

Argemiro fez um sinal com a mão.

– Então não tem ninguém do primeiro período envolvido, porque nesse horário nós estávamos em aula. Se o mandante é da PUC, só pode ser veterano. Eles saem às onze.

– Está ficando quente – disse Melissa, arregalando os olhos.

– Ontem, vocês disseram a alguém pra onde iam? – perguntou Domingos.

Melissa olhou para cima, como se pensasse.

– Não.

– Então, se o mandante é da PUC, só pode ser o Gê Aquino – concluiu Domingos.

Melissa piscou um olho para ele.

– Eu não disse que era autoexplicativo?

Tivemos que interromper a conversa, porque a professora de História do Direito batia palmas diante do quadro-negro. Mas assim que ela se retirou, duas horas depois, a turma tornou a cercar Melissa.

O foco passou a ser a perseguição, os tiros, o carro blindado.

Eu estava achando um absurdo ninguém perguntar o que Melissa e eu tínhamos ido fazer no prédio do Gê. E por que motivo ele, ou seja lá quem fosse, tinha mandado dois caras atirar na gente. Aquela era a questão fundamental, que estava sendo evitada. Ninguém queria falar de playground, de confraternização, de inquérito policial, de calouro morto na sauna. Pelo menos, os envolvidos não queriam.

Por fim, Domingos levantou a questão:

– Por que o Gê Aquino mandaria... – não completou a pergunta, como se a palavra “matar” fosse muito chocante para ser pronunciada.

– *By the way*, prometi ao meu irmão não me meter mais nessa história. Chega, cansei de dar palpite – disse Melissa.

– Afinal, o que vocês foram fazer no prédio do Gê? – insistiu Domingos. – Qual era a pressa de sair no meio da aula?

Melissa simulou fechar um zíper sobre a boca, significando que nada mais falaria.

Domingos não desistiu.

– O Gê sabia que vocês iam lá?

Melissa olhou para o teto e começou a assobiar enquanto fazia com as mãos um movimento de lixar unhas.

Achei irritante a atitude dela. Domingos estava desenvolvendo uma linha de raciocínio inteligente. Respondi, eu mesma, que Gê não sabia. Ninguém sabia que iríamos lá.

– Então – continuou –, se Gê Aquino é mesmo o mandante, ele se comunicou com os caras da moto, ontem, entre meio-dia e quinze e meio-dia e meia. Tem que levantar o que ele fez, onde foi, com quem falou nesse período para ver se a história fecha.

As especulações pararam aí, porque o professor de Política I acabava de entrar na sala.

16

Terminada a última aula de uma semana estressante, entrei no elevador pensando em Diogo. Tudo o que eu queria era grudar nele até segunda-feira.

Melissa ofereceu carona, estava com o carro do irmão. Eu não podia aceitar, o boné do Flamengo me aguardava. Além disso...

– Destruíram sua camionete por minha causa, Melissa, fico sem graça.

– Mas não destruíram a gente. *By the way*, graças ao Rodrigo.

– Ao Rodrigo, por quê? – perguntei, enquanto saíamos do elevador.

– Mandou blindar os carros lá de casa.

Lembrei de Rodrigo dizendo que os táxis não eram blindados. Fiquei curiosa sobre o meio de transporte que ele estaria usando, já que emprestara seu carro à irmã.

Perguntei, e Melissa respondeu que ele estava com a Harley Davidson de um amigo.

– O homem da blindagem, circulando de moto pelo Rio? – Tive que brincar, não fazia o menor sentido.

– É por poucos dias. Ele vai viajar para os Estados Unidos e, quando voltar, meu carro vai estar pronto.

Notei um cara forte como o Schwarzenegger, de terno, atrás da gente. Conferi uma, duas vezes, estava nos seguindo. Melissa beliscou a cintura de um garoto que passava, distraído, no sentido contrário. Virou-se para dar tchau, aproveitei e disse:

– Tem um cara de terno atrás da gente. Discretamente, dá uma olhada.

Ela riu.

– É meu segurança. Rodrigo contratou.

Rodrigo, sempre Rodrigo. Aliás, seguro, blindagem, guarda-costas agigantado, esse kit sou-milionário era a cara dele, pensei.

– Só espero que não banque o informante – Melissa suspirou.

– Informante de quem?

– Do Rodrigo.

– Por quê? Você faz alguma coisa que seu irmão não pode saber?

– Rodrigo não quer que eu ande com você.

Tomei um susto. Tentei entender: será que ele me achava má influência, má companhia? Eu pensava ser tão vítima quanto Melissa, e isso deveria nos tornar mais unidas.

Sem poder adivinhar meus pensamentos, ela continuou:

– Ele acha que você vai se dar mal.

– E não está ligando a mínima. Eu que me dane, desde que você não esteja junto.

– Rodrigo não falou isso, Eduarda, só disse que você está bancando a espertinha com gente que joga pesado.

Bancando a espertinha. Eu não estava bancando a espertinha, estava lutando por Mariano, por justiça, pelo fim do sadismo na faculdade.

Bancando a espertinha... Tem coisa que não engulo.

– Hellooooo! É autoexplicativo – imitei a fala e os trejeitos de Melissa. – Fui eu que banquei a espertinha?

Ela arregalou os olhos.

– E quem foi que começou esse assunto? Quem disse que o mandante era da PUC?

– Eu disse. Mas o assunto começou mesmo na entrevista que você deu para a imprensa. *By the way*, tchau, Melissa.

Tínhamos chegado ao estacionamento e eu não iria entrar no carro dela.

Melissa parou, o Schwarzenegger também deve ter parado, eu continuei em frente. Passei pelo boné vermelho e preto sem precisar trocar mochila de ombro, já nos conhecíamos. Meu celular tocou, era ela, insistindo em me dar carona.

– Obrigada, mas eu não posso. Não posso mesmo, juro.

– Você está chateada?

– Um pouco, mas não tem nada a ver com você.

Tinha a ver com Rodrigo, que me discriminava, como se eu valesse menos que a irmã. Com meu pai e tia Lu, que haviam discriminado Vitória. Com meus colegas que sabiam como Mariano havia morrido e não davam a mínima.

A PRIMEIRA COISA QUE FIZ ao chegar ao apartamento de Diogo foi telefonar para casa, avisando que passaria a noite ali. Tia Lu atendeu, avisei a ela.

– Não é melhor você falar com seu pai? – perguntou e, em vez de esperar eu responder se era ou se não era, foi logo passando o telefone para ele: – Meu amor, é a Eduarda.

Tia Lu sempre teve esse jeito trocado de se comunicar: afirmava com perguntas e, na hora de perguntar, em vez de ponto de interrogação, usava frases afirmativas.

Meu pai atendeu, avisei a ele.

– Você acha isso certo, dormir na casa do seu namorado? – perguntou.

– O que eu acho errado é deixar o Diogo sozinho, depois do que ele passou por minha causa.

– Jéssica não está aí?

– Jéssica está precisando descansar. Já fez muito, mais do que devia. Eu até agora não fiz nada.

Ouvi tia Lu zumbindo alguma coisa ao lado dele.

– Luciana acha que sua mãe...

Tive que interrompê-lo.

– Minha mãe morreu sem me abandonar. Ela não ia querer que eu abandonasse meu namorado.

Meu pai deu um suspiro prolongado.

– Pai – apelei –, confia no meu discernimento.

Depois de mais um suspiro, ele confiou. E eu acabei passando o fim de semana inteiro na casa do Diogo.

Naquela noite, ele, Jéssica e eu levamos horas discutindo os últimos acontecimentos: a arrogância de Gê na portaria, a prisão de Edmilson, a perseguição dos motoqueiros, a conversa com o delegado, os rapazes que se entregaram, as especulações dos meus colegas e, principalmente, as atitudes de Rodrigo, que estavam atravessadas na minha garganta.

Estas, Diogo explicou com uma teoria que eu já conhecia:

– As pessoas funcionam em códigos diferentes.

O código de Rodrigo era o dos executivos e empresários, um pessoal prático e objetivo que se preocupava pouco com questões éticas, muito com a equação custo-benefício e mais ainda com o resultado final. A Rodrigo pouco importava a prisão dos motoqueiros, porque a probabilidade de eles voltarem a cruzar o caminho de Melissa era praticamente nula, se ela se afastasse de mim. Imensa era a probabilidade de ela vir a encarar outros bandidos.

– Então, para que perícia, balística, álbum de foto? – Diogo demonstrou o raciocínio do empresário. – Não adianta retirar duas gotas de um oceano de violência. O que adianta é ter apólice de seguro para repor o patrimônio, e blindagem para garantir a vida.

Achei que Diogo estava a um passo de defender o irmão da Melissa e, antes que isso acontecesse, o interrompi:

– E quem não tem dinheiro para blindagem e apólice que se dane? – Esperei, nenhum dos dois disse nada. Concluí: – O código do Rodrigo é arrogante e egoísta.

Jéssica foi à cozinha e voltou com um copo d'água. Entregou o copo a Diogo com o último anti-inflamatório do dia.

– Realmente o código dele é egoísta – concordou ela. – Mas não deixa de ter sabedoria. As pessoas estão vendo se instalar o caos, o salve-se quem puder. Como Rodrigo pode, está se salvando e salvando a irmã.

Aquele papo, novamente, de sabedoria me irritou. Já ia revidar, quando notei Diogo me encarando.

– O que é? – provoquei.

Jéssica pressentiu a crise e sumiu, como fazia sempre.

– Você está com raiva? – perguntou ele.

Estávamos sentados no sofá, lado a lado. Virei o rosto. É claro que estava com raiva. Achava injusto os dois não acreditarem que a polícia pudesse fazer um bom trabalho. Profissionais corajosos e competentes como Vitória e Alonso existiam. E trabalhavam pesado no combate ao "caos". Se tivessem ajuda, venceriam. Venceríamos.

Virei o rosto ainda mais. Eu admirava minha mãe, porque ela havia me protegido. Era duro ver que ninguém admirava os policiais que estouravam cativeiros, que enfrentavam assaltantes, que não abandonavam as pessoas em perigo. Ninguém dava a mínima quando eles se machucavam ou morriam.

– Preciso olhar você – Diogo sussurrou, mexendo na minha orelha.

Queria ver se eu estava com raiva. Só que essa teoria de verdade no rosto não funcionava, e eu disse a ele.

– Vi várias vezes a imagem dos meus colegas passando pela portaria do Gê e não encontrei a verdade no rosto de ninguém.

– Com certeza ela estava lá, você é que não soube ver.

Meu celular tocou, era Chiquinho avisando que o jornal ia começar.

– Prenderam o cara que atirou em você. O cara certo.

Liguei correndo a tevê e chamei Jéssica para assistir conosco. Reprisaram as imagens de Melissa mostrando as marcas das balas na camionete blindada, enquanto o apresentador do jornal lembrava a tentativa de homicídio ocorrida na véspera. Respondendo a perguntas, Alonso informou que os motoqueiros tinham se escondido no Pavão-Pavãozinho, e que, durante a madrugada, dois adolescentes haviam se apresentado espontaneamente à 14ª DP para confessar a autoria do crime. Eram irmãos, moravam no Pavão-Pavãozinho, mas não haviam sido reconhecidos pela principal vítima. Em seguida, apareceu a imagem dos dois deixando a delegacia acompanhados pela mãe, enquanto o âncora noticiava que o filho mais velho daquela senhora era o verdadeiro autor dos disparos em Ipanema.

Um repórter abordou o grupo.

– É verdade que a senhora denunciou seu próprio filho para a polícia? – perguntou.

A mulher endureceu a expressão.

– Moço, o senhor sabe o ditado que diz que uma batata podre estraga o saco todo? Eu tenho cinco filhos. Se Deus me ajudar, vou salvar os outros quatro.

O repórter ficou entalado com a resposta, e a entrevista acabou ali.

Olhei para Jéssica e Diogo, esperando as explicações de praxe, mas eles não arriscaram nenhuma teoria.

As próximas imagens mostravam o filho denunciado chegando preso à delegacia, enquanto a voz do âncora anunciava que, devido a sua extensa ficha policial, ele já vinha sendo procurado pela polícia. Dentre outras coisas, era acusado de estupro, agressão, latrocínio e venda de drogas.

– É esse mesmo? – perguntou Jéssica.

Não consegui ter certeza, porque ele escondia o rosto e se esquivava da câmera.

O apresentador do jornal explicou que a ação do motoqueiro em Ipanema tinha atraído policiais para o morro e irritado os chefões do tráfico. Temendo ser morto, ele havia ordenado aos irmãos que assumissem o crime.

Por um instante, tornou a ser filmado no interior da delegacia, enquanto o delegado mostrava as armas encontradas no seu esconderijo. Nesse momento, ainda de costas para a câmera, ele ameaçou:

– Lugar de X-9 é no inferno. Minha mãe vai morrer feito um verme, tá ligado?

– Esse é um deles – disse Diogo.

– Acho que sim, mas não tenho certeza – hesitei.

– Eu tenho – Diogo murmurou, com a voz meio trêmula.

Jéssica perguntou se ele estava reconhecendo um dos caras que o espancaram.

– Estou.

Tive que discordar:

– Reconhecendo como, se os caras usavam capuz e esse aí está de costas?

– Pela voz, pela fala. Foi com essa entonação e nesse ritmo que ele gritou no meu ouvido: "Tua X-9 vai morrer feito um verme, tá ligado?" – imitou.

– Vou ligar pro Alonso – eu disse, me levantando.

Diogo segurou minha mão.

– Não vou acusar ninguém. Não sou vingativo.

– Não é vingança, Diogo, é proteção a pessoas ameaçadas – rebati. – O cara gritou no seu ouvido que eu ia morrer feito um verme, você tem obrigação de me defender.

– Defender de quê? O cara está preso, cheio de acusações, pra que mais uma?

Argumentei que policiais da delegacia da Lapa estavam trabalhando para identificar os agressores.

– É falta de consideração, você se calar. Eles podiam estar investigando outros crimes.

Olhei para Jéssica. Ela parecia entender Diogo, mas eu não entendia.

– Códigos diferentes – ironizei. – O meu é tolerância zero, o seu é...

Felizmente me calei, porque já não estava no controle do que diria.

De repente, senti um cansaço profundo, uma fraqueza como nunca havia sentido. Se eu não conseguia que meu namorado agisse da maneira correta, como iria mudar a realidade, consertar tanta coisa errada?

– Acho que a gente está precisando descansar, dormir.

Ajudei Diogo a se levantar, a caminhar, tomar banho. Enquanto trocava os curativos, fui descobrindo que estava a fim de passar o fim de semana inteiro cuidando dele, vendo filmes de música, filmes-cabeça, comendo pizza, tomando vinho, namorando. Principalmente namorando. Ajudei-o a se deitar.

– Eduarda?

Esperei.

– Aquela metáfora da batata podre... Batatas não apodrecem porque querem, ou porque alguém quer. Mas porque a gente não tem controle sobre todas as coisas. A tragédia é parte essencial da vida...

– Eu sei, Diogo, eu sei.

Depois de ouvir aquela mãe, não dava para não saber.

Pensei na terceira fonte de sofrimento, que era mesmo tão inevitável quanto as outras. Deitei-me ao lado de Diogo. Nisso, outra de suas teorias começou a rondar meu pensamento. A verdade no rosto das pessoas. A verdade estava lá. No rosto dos meus colegas. Eu não soube ver. A verdade. No rosto. Dormi.

No meio da noite, uma questão crucial me arrancou do sono, de repente e de uma vez, como um despertador estridente. Os óculos de Mariano. Davina havia falado nos óculos de Mariano.

Levantei devagar, ouvindo a respiração pausada de Diogo, e fui me sentar na sala. Mariano não usava óculos de grau. Eu era péssima para guardar nomes, mas ótima para fisionomias. Lembrava bem de Mariano na sala de aula. Cabeça raspada e sem óculos. Também sem óculos, mas cabeludo, na foto do jornal. E óculos escuros, ele não havia usado na festa. À noite, teria chamado a atenção. Eu lembraria.

Passei o resto da noite pensando no significado daquela contradição. Se Mariano não usava óculos, de quem eram os óculos encontrados por Edmilson?

Encontrados onde, na sauna? Na sauna, sim. Jorge mandou botar na sauna de volta, lembrei as palavras de Zizinha. E Edmilson tinha achado besteira devolver, já que Mariano não ia precisar.

Ouvi um gemido, fui ao quarto de Diogo e vi que ele havia tentado virar de lado. Agora se acomodava novamente de barriga para cima, única posição em que conseguia dormir, com duas costelas quebradas. Ajeitei o travesseiro, o lençol e voltei ao sofá da sala para dar seguimento a meus raciocínios.

Os veteranos mandavam os calouros rebeldes para a sauna de castigo. Mariano era teimoso, lembrei as palavras da irmã. E pessoas teimosas não aceitavam ordens facilmente. Talvez os óculos tivessem caído durante uma briga. A briga que causou os hematomas que ele tinha no corpo. Óculos, sauna, hematomas, de um ínfimo detalhe podia fluir a solução do caso.

Estava tão agitada que comecei a andar pela sala, no escuro. Os óculos pertenciam a um veterano. Qual? Tentei sintonizar a fisionomia de Gê, mas eu estava tão zonza de insônia e cansaço que não conseguia. Também não consegui visualizar Luís Fidelis, nem Hugo Lira ou qualquer outro veterano.

A polícia tinha encontrado o celular de Mariano em uma gaveta de Edmilson, no quarto dos faxineiros. Talvez os óculos, também furtados, não estivessem mais lá. Se eu passasse essa informação ao inspetor, e ele mandasse os investigadores, os óculos jamais apareceriam. Jamais.

Senti a garganta seca, percebi que suava. Fui à cozinha e bebi um copo d'água. Mas a água não me saciou. Procurei na geladeira um doce, um chocolate, um refrigerante que fosse, nada. Acendi a luz, abri os armários e felizmente encontrei uma garrafa de mel. Joguei a cabeça para trás, inclinei a garrafa pouco acima da boca e deixei escorrer. O mel acalmou o que eu sentia.

Pelo código de Edmilson, ele não podia roubar. Tinha que ganhar a vida trabalhando, fazendo biscates e catando objetos que os donos consideravam imprestáveis e descartavam. No caso em questão, ele mesmo considerou o objeto imprestável para o dono, e descartou a possibilidade de que servisse de recordação para a família, ou de pista para a polícia.

Apaguei a luz da cozinha e voltei ao sofá. Eu precisava levar em conta um fator importante: Edmilson mentia e omitia informações para não se complicar. Levantei do sofá e comecei a andar. Pelo meu código, o certo era ligar para o Disque Denúncia, ou para o 190, ou simplesmente ao inspetor Alonso e contar sobre os óculos. Só havia um problema, o meu certo podia não dar certo. Bastava o faxineiro sumir com a prova, mais uma vez.

Parei diante da janela e fiquei olhando a rua vazia, lá fora. Tentei pensar com a cabeça do irmão da Melissa, o empresário que se preocupava menos com questões éticas e mais com o resultado final. Consegui: Edmilson tinha furtado os óculos para vender, certo? Eu, simplesmente, iria comprá-los.

Fui à cozinha, peguei um saco plástico pequeno, dobrei, enfiei na mochila. Derramei na boca mais um bocado de mel.

Pensei em uma outra possibilidade: eu pediria os óculos numa boa, e ameaçaria chamar a polícia caso ele não quisesse entregar. Se ele mentisse, seu rosto diria. A verdade estava no rosto das pessoas. Os óculos também. Mas no rosto de quem?

Voltei à janela da sala. A teoria de Diogo era muito mágica. Bastava olhar o rosto do pessoal e ver quem tinha chegado na festa com óculos e saído sem! Os óculos que eu iria buscar no quarto dos faxineiros assim que o dia amanhecesse.

Olhei para fora, o dia estava amanhecendo.

17

Dei uma checada em Diogo, ele ainda dormia. Deixei um bilhete: "Volto à tarde para ficar com você."

Quando atravessava a sala, Jéssica surgiu com a câmera.

– Você também vai sair? – perguntei.

– Vou fotografar uma aula de tai chi chuan na praia de Ipanema.

Notou a mochila pendurada no meu ombro.

– Diogo já pode ficar sozinho. Se precisar de alguma coisa, telefona.

Arrumamos o café da manhã para ele na sala e, como meu destino também era Ipanema, saímos juntas.

Jéssica dirigiu o Fusca, que já estava consertado, enquanto eu contava meus pensamentos noturnos. Ela fez uns comentários sobre física quântica, que eu tentei mas não consegui compreender. Tinha a ver com objetos insignificantes que, carregados de história, passavam a significar. Tudo isso para dizer que havia desistido do tai chi. Fotografar os óculos seria mais interessante.

Estacionamos o carro na avenida Vieira Souto, cheia de vagas àquela hora. Saltamos e seguimos em direção ao prédio de Gê Aquino.

Quando chegamos, Edmilson varria a calçada em frente à garagem.

– Quero comprar os óculos do Mariano – fui logo dizendo.

Ele titubeou, eu insisti:

– Davina está toda preocupada. Acha que Mariano está te perseguindo por causa desses óculos. Melhor vender.

Ele olhou para Jéssica.

– É só uma amiga – tranquilizei-o.

– Quer levar agora?

É claro que eu queria.

– Vou buscar.

– Nós vamos com você – eu disse, e o seguimos.

Não imaginei que seria tão fácil.

Como não tinha ninguém no quarto, ele nos deixou entrar. Abriu uma gaveta na parte inferior da cama, verdadeiro depósito de quinquilharias.

– Ali – apontou com o pé.

Jéssica mostrou a câmera.

– Posso?

Imediatamente tirou a primeira foto, abaixou-se e tirou outra, mais de perto. Edmilson, mesmo desconfiado, não reagiu.

– Vai mesmo comprar? – perguntou a mim.

Respondi que o negócio estava feito.

– É que tem um problema – ele disse, pegando os óculos. Mostrou que uma das lentes estava lascada na quina. – Um rapaz chegou a comprar. Depois devolveu por causa disso. Vai querer assim mesmo?

– Vou, não é pra usar. Quero guardar como recordação.

Tirei o saco plástico da mochila, abri, e ele pôs os óculos dentro.

– Posso? – Jéssica perguntou a mim.

– Claro.

Ela apontou a câmera e foi se movimentando pelo quarto até achar o ângulo perfeito. Tirou duas fotos seguidas.

– Quanto é? – perguntei a Edmilson.

– Baratinho, vou fazer um desconto.

Um desconto. Era a gota de absurdo que faltava para eu mudar de código.

– Ontem foi o celular, hoje são os óculos, amanhã vai ser o quê? Presta atenção, Edmilson, você não pode vender o que não é seu. Não pode tirar objetos da cena de um crime. O que você furtou e está escondendo pode ser uma prova importante. Isso dá cadeia. E tem mais: atrapalhando a investigação, você está ajudando o Gê a se safar. – Sacudi o saco plástico. – Vou levar agora pra delegacia.

Jéssica e eu saímos do quarto, eu com os óculos, ela com a câmera, e Edmilson não fez nada para nos impedir.

Do Fusca, telefonei para o celular de Alonso e perguntei se podia encontrá-lo. Era importante.

O inspetor ia passar a manhã tomando depoimentos.

– Se for rápido...

– Rapidíssimo. Só vou te entregar uma coisa.

– Então, vem agora.

Como queria fotografar o objeto em todos os contextos possíveis, Jéssica continuou me fazendo companhia.

SEMPRE ACHEI QUE, se conversasse separadamente e fora da PUC com um dos calouros que estiveram na festa, eu conseguiria quebrar a lei do silêncio imposta pelos veteranos. Por isso, quando entrei na delegacia e topei com Argemiro, tive um pressentimento muito mágico: eu iria fazer fluir a verdade sobre a morte de Mariano.

Afastei-me de Jéssica e fui cumprimentar Argemiro.

Notei uma mulher aflita a seu lado. Parecia-se com ele, e devia ser uns trinta anos mais velha.

– Sua mãe? – perguntei, na maior simpatia.

– Sou – ela mesma respondeu, meio irritada.

– Veio depor? – perguntou Argemiro.

– Vim falar com o inspetor Alonso.

– Argemiro também veio falar com ele – disse a mãe. – Estou achando um absurdo. Como é que pode, depois de tudo esclarecido, esse homem querer obrigar vocês a mudarem o depoimento?

Eu deveria avisar Alonso de que tinha chegado, mas não podia sair dali. A mãe atrapalhava um pouco, mas eu tinha certeza de que, se conseguisse entrar em sintonia com Argemiro, ele acabaria se abrindo.

– Você vai mudar seu depoimento? – perguntei a ele.

– Não sei – murmurou.

Notei que roía as unhas.

Enquanto isso, com uma entonação autoritária, a mãe impunha seu ponto de vista:

– O rapaz que morreu está em paz nas mãos de Deus, pelo menos eu tenho rezado muito para isso. Mudar o depoimento não vai trazer ele de volta. Então para quê? Você não vai mudar, vai? – desafiou-me.

– Eu, não. Fiquei pouco tempo na festa, não sei de nada.

A mãe gostou da resposta.

– Está vendo? Está vendo?

Cheguei bem junto dele e murmurei:

– Por que você está pensando em mudar o seu?

Ele murmurou de volta:

– Tem gente mudando.

Nesse momento, meu celular tocou. Tive que atender, era Alonso. Antes que ele dissesse qualquer coisa, avisei que já estava na delegacia.

– O que é que você quer me entregar? – perguntou.

– Uns óculos, só isso.

Mandou que eu entrasse.

– Volto num minuto – disse a Argemiro. – Quero conversar mais com você.

Fiz sinal para Jéssica me seguir e, no que dei um passo, ele segurou meu braço.

– Você vai depor antes de mim?

– Não, eu não vou depor.

– Mas vai falar com o inspetor Alonso?

No fundo, eu estava furando fila. Achei que Argemiro merecia uma satisfação.

– Só vou entregar um negócio e sair.

Dei meu nome no balcão, avisei que Jéssica estava comigo, e fomos levadas à sala de Alonso.

No que entramos, fui logo tirando o saco plástico da mochila e o colocando sobre a mesa. A um sinal do inspetor, Jéssica e eu nos sentamos, e, por alguns segundos, ficamos os três congelados encarando aquilo.

– Tem uma lente quebrada – disse ele, finalmente, e deixou a sala.

Jéssica aproveitou e tirou duas fotos, uma bem de perto, para pegar a aura, e outra de longe, para incorporar o contexto maior em que a peça se inseria, segundo explicou mais tarde.

Alonso retornou pouco depois, sentou-se, tirou os óculos do saco plástico e os colocou, cuidadosamente, no centro da mesa. Notei que segurava algo muito pequeno na mão direita, entre as pontas do polegar e do indicador. Eu me coloquei ao lado dele para observar o que faria. E o que ele fez foi muito mágico: encaixou na lente o pedaço que faltava. Nisso, o flash da câmera espocou, e um clarão de lucidez invadiu minha cabeça.

– Guarda a câmera – disse ele a Jéssica. – Não pode fotografar aqui dentro.

Em seguida, jogou o corpo para trás na cadeira, mostrando-se pronto para ouvir minha história.

Contei tudo, e Alonso ficou surpreso. Desde que os peritos informaram que o objeto encontrado no dedo de Mariano era um caco de lente, ele vinha tentando descobrir, sem alarde, a quem pertenciam os óculos. E os dois investigadores, que deram busca no quarto dos faxineiros, apesar de terem vasculhado tudo, só encontraram o celular.

– É que Edmilson tinha vendido os óculos – expliquei.
– A sorte foi o comprador ter desfeito o negócio.

Alonso colocou os óculos no saco plástico e chamou alguém pelo interfone. Em seguida, olhou o relógio e tamborilou o dedo no braço da cadeira, o que significava que Jéssica e eu estávamos dispensadas.

Fiquei de pé, Jéssica me imitou. No mesmo instante, entrou uma policial e olhou para Alonso à espera de instruções.

– Preciso descobrir quem é o dono disso aqui – disse ele, passando o saco plástico às mãos da recém-chegada. – A informação está no vídeo que veio do prédio de Ipanema. Alguém entrou na portaria com esses óculos e saiu sem eles. Localiza, congela a imagem e me chama.

– Quero ajudar, posso? – pedi.

Alonso decidiu que eu podia. Acompanhei a policial, e Jéssica foi embora sozinha.

Entre preparar a aparelhagem e descobrir o dono dos óculos, decorreram uns quinze minutos. Fiquei aflita para avisar Alonso, mas a policial congelou a imagem e ficou comparando cada centímetro da armação que estava no saco plástico com a que aparecia no vídeo.

– Parece que achamos – comentou um século depois.

Apertou o controle remoto e continuou vendo a chegada dos estudantes. Perguntei por que não chamávamos logo o inspetor.

– Pode ter alguém com óculos idênticos. Não vou dar informação errada.

Tive que concordar.

Por sorte, ela conhecia o olhar seletivo. Acelerava o andamento do vídeo e só parava se alguém de óculos cruzava a tela.

Quando os dois PMs entraram no prédio, avisei:

– Pronto, acabou. Depois deles não entrou mais ninguém.

Ela agradeceu a informação e, supertranquila, comentou que só faltava, então, checar se o estudante usava ou não os óculos na saída.

Cada vez mais aflita, peguei o controle remoto que ela havia largado e avancei rapidamente o vídeo.

– Os PMs estão saindo – anunciei. Passado um tempo: – Olha, estão entrando no prédio pela segunda vez. E agora, vai todo mundo sair junto.

Retardei o andamento para não perdermos nada. Mas quem saía do elevador só aparecia de costas. Assistimos a várias cabeças e nucas se afastando. Só quando se viravam para descer os degraus da portaria é que seus rostos apareciam brevemente de perfil.

– Ops! – gritei, ao pensar ter visto o dono dos óculos saindo do prédio.

Voltei a fita e congelei a imagem no ponto exato. Era ele mesmo. Apesar da massa de gente, era possível vislumbrá-lo de perfil. Projetava uma das mãos à frente, para se proteger ou se guiar, já que em seu rosto, naquele momento, não havia óculos algum.

– É um calouro, como pode?

– Você sabe o nome dele? – perguntou a policial.

– Sei – respondi.

Enquanto a policial saía para avisar Alonso, uma certeza ocupou meu pensamento: Argemiro tinha percebido tudo.

No minuto seguinte, Alonso olhava a imagem congelada.

– Ele está na delegacia! – avisei, na maior aflição.

Alonso balançou a cabeça, com aquele sorriso sem alegria.

– Ele se apresentou na recepção, mas quando mandei entrar, não foi encontrado.

Expliquei o que tinha acontecido.

Minutos depois, eu estava em um carro com dois investigadores, rodando os quarteirões do Leblon à procura de Argemiro. Minha função era apontá-lo caso o visse. Mas não o vi. De volta à delegacia, fiquei sabendo que tinha escapado.

– Telefonei para a casa dele – disse Alonso –, e o pai tentou me confundir. O estudante fugiu com a aprovação dele.

Fui embora arrasada, e mais arrasada fiquei quando Diogo analisou a questão:

– Você agarrou o pênalti. Depois entrou com a bola na rede.

18

Apesar de os indícios apontarem para um calouro, e de esse calouro ter fugido, eu continuava achando que Gê Aquino era responsável pela morte de Mariano. Gê Aquino ou outro veterano. Ou todos os veteranos.

Um pensamento me oprimia: Argemiro esteve a um milímetro de abrir o jogo comigo. Quanta burrada, atender perto dele a ligação do inspetor e, ainda por cima, falar em óculos. Eu tinha estragado tudo!

A sensação de fracasso durou até me ocorrer uma ideia muito mágica: consertar a burrada em vez de ficar lastimando. Tracei um plano, liguei para Alonso e ele concordou em me ouvir.

– Posso ir agora? – perguntei.

A resposta foi negativa. Estava tomando depoimentos e queria evitar que eu topasse novamente com estudantes da PUC. Percebi, claro, que ele se considerava coautor da burrada, pois se tivesse me impedido de ir à delegacia na parte da manhã, eu não teria encontrado com Argemiro.

– Vamos conversar na sua casa.

– Estou na casa do meu namorado. É até mais perto.

– Eu sei. Estive hoje aí.

AGUARDEI O INSPETOR, brigando com Diogo.

– Como você não me conta nada?

– Contar o quê? – reagiu Diogo.

– O que ele veio fazer aqui.

– Perguntas.

– Vocês tinham combinado?

– Mais ou menos.

Senti que alguma coisa não fazia sentido. Diogo nunca ficava sem assunto. Era capaz de gastar uma tarde inteira dizendo que eu sou eu, eu sou outro, eu sou outro eu. Como podia se calar diante de um acontecimento tão importante?

– Você escondeu isso de mim?

– Sei lá.

– Escondeu, sim. Por quê? Fala de uma vez.

Na pressão, acabei arrancando a história inteira.

O inspetor da 5ª DP e Alonso tinham tomado o depoimento dele em casa, enquanto Jéssica e eu estávamos negociando os óculos com Edmilson. O encontro havia sido combinado na véspera, e ele não me avisou, porque preferia que eu não estivesse presente. Os policiais pediram uma descrição dos pitboys. Diogo explicou que foi atacado por trás, de surpresa, e não chegou a vê-los. Mas, ouviu usarem gírias da bandidagem com convicção, como se tivessem orgulho disso.

Diogo não revelou que o suspeito de ter atirado em mim, o tal que estava preso, era um deles.

Tentei convencê-lo a aproveitar a nova visita do inspetor para fazer a revelação.

– Sou contra vingança – era a desculpa que usava.

– Não é vingança, Diogo, é obrigação.

Falei, falei, falei, não teve jeito. E, quando o porteiro avisou que Alonso estava subindo, Diogo pegou um minigravador, um caderno de música e foi para a mesa da copa desenhar girinos.

Alonso e eu conversamos sobre meu plano. Ele achou que não daria certo, mas topou experimentar e me convidou a acompanhá-lo à delegacia.

– Vamos aproveitar pra você reconhecer o suspeito de ter tentado te matar, antes que ele saia.

Tomei um susto.

– Ele vai ser solto?

– Não, vai ser encaminhado para a Casa de Custódia. É ilegal manter pessoas presas em flagrante na delegacia.

Imediatamente lembrei do sócio do meu pai, dr. Samuel, temendo ser surpreendido por uma rebelião de presos. Tinha se apavorado à toa, porque, sem presos residentes, a tal rebelião jamais explodiria.

– Você tem alguma pista do cúmplice, o que dirigiu a moto? – perguntei.

Alonso contou que aquela senhora que havia denunciado um filho para salvar outros dois, havia delatado o cúmplice também. Essa informação não havia sido divulgada, porque botava a vida da mulher em risco.

– Então, você já sabe quem é?

O inspetor fez sinal afirmativo com a cabeça.

– Já tenho inclusive o mandado de prisão.

– E quem é?

– Um rapaz de boa família, que tinha tudo para dar certo – informou, com seu riso estranho.

O fato de aquela mulher ter denunciado o filho não tirava o sono do inspetor. Ela havia feito exatamente o que os chefes do tráfico queriam; portanto, não seria molestada no Pavão-Pavãozinho, onde morava. O problema era o cúmplice, morador de outro bairro e ligado a outro grupo violento. Se fosse preso, ela levaria a culpa e, com certeza, sofreria represália.

– O que que esse cara faz? – perguntei.

– Passa o dia lutando jiu-jítsu numa academia de Copacabana.

Alonso estava tentando colocar aquela senhora com os filhos no programa de proteção a vítimas e testemunhas, antes de prender o lutador. Mas não podia esperar eternamente, porque o inquérito tinha prazo.

Ouvimos um barulho na porta, era Jéssica chegando. Alonso levantou-se para cumprimentá-la e permaneceu de pé.

– Vamos? – disse a mim.

Confirmei com a cabeça e saímos.

Minutos depois, Diogo disse a mesma coisa a Jéssica:

– Vamos?

Ela confirmou com a cabeça e saíram.

NA DELEGACIA, uma policial me acompanhou até o vidro espelhado da sala de reconhecimento.

Naquele momento, Jéssica acompanhava Diogo até a porta da academia de jiu-jítsu mais conhecida de Copacabana.

Havia seis homens de pé na sala de reconhecimento, um ao lado do outro e todos de frente para mim. Reconheci sem a menor dificuldade o cara que tinha apontado a arma para minha cabeça e apertado três vezes o gatilho.

Muita gente circulava na calçada em que Jéssica e Diogo discutiam o que fazer. Nisso, uma menina atravessou a avenida, e ele, sem a menor dúvida, reconheceu a namorada de um de seus agressores.

– Idiota! – xinguei baixinho.

Aquele idiota tinha tentado me matar, pensei, e não consegui segurar o choro. Mas não chorei por mim, que tive sorte, e minha vida estava ali intacta. Nem por Diogo, outra vítima, que em breve ficaria bem e voltaria para sua música, para os shows da banda Arruaça e para seus alunos. Chorei porque a cena da mãe daquele cara falando na batata podre não me saía da cabeça. Era uma cena muito triste e, como diria Diogo, trágica. Tão trágica que eu não devia ter xingado, ou melhor, devia sim, porque estava xingando a mim mesma, xingando a ilusão que eu tinha de poder consertar as coisas.

Mostrei à policial quem ele era e me afastei o mais rápido que pude.

– EI, GATA – Diogo se aproximou da menina.

Ela se assustou com os cortes e hematomas que cobriam seu rosto, percebeu quem ele era e disparou em direção à academia. Jéssica segurou-a e garantiu que só queriam conversar. A menina parou, acreditando que aqueles dois eram inofensivos. Diogo sorriu, porque tinha encontrado a academia, e já se imaginava preenchendo a cabeça oca do pitboy com Freud, Platão e companhia. Sorrindo, agradeceu à menina por ter impedido o namorado de matá-lo, e contou que estava ali para explicar que valorizava o silêncio e a amizade, conforme Nietzsche ensinava. Nisso, já estava com um livrinho na mão, de onde leu: "foi preciso aprender a calar para permanecer amigos; pois quase sempre tais relações humanas se baseiam no fato de que nunca serão ditas certas coisas, nunca serão tocadas".

A menina não entendeu nada. Diogo pediu que ela chamasse o namorado, bastava isso. Mas ela desculpou-se e foi embora. Jéssica decidiu, então, que ficaria na calçada com a missão de pedir socorro caso fosse necessário. E Diogo entrou sozinho na academia.

Quando entrei na sala de Alonso, meu celular estava conectado a um aparelho de gravação e escuta. No que ele me viu, digitou o número de Argemiro e me entregou o telefone.

Uma mulher atendeu. Grossa, muito grossa.

– Alô! O que é? Quem é? – O tom era alto.

– Esse telefone é do Argemiro? – perguntei.

– Quem é? O que você quer? – O tom aumentou.

Percebi que era a mãe dele.

AO PASSAR POR UM TATAME, Diogo viu um lutador interromper o treino para observá-lo. Então parou, achando que tinha encontrado quem procurava.

O cara pediu licença ao instrutor e se aproximou de Diogo.

– Quer alguma coisa comigo? – cochichou-lhe raivosamente no ouvido.

Pela voz e pelo hálito, Diogo teve certeza de que aquele era o espancador da Lapa que ainda estava solto. Mostrou-lhe o livrinho filosófico e disse:

– Isso aqui é sobre silêncio e amizade. Vou te esperar naquele café de toldo vermelho da esquina, pra gente conversar.

TENTEI TRANQUILIZAR a mãe do Argemiro:

– Meu nome é Maria Eduarda, nós nos conhecemos na delegacia e...

– Sua cínica! – interrompeu-me aos gritos. – Como é que você tem coragem de ligar pro meu filho?

– Por favor...

Tornou a me interromper:

– Meu filho foi o único que votou contra. Contra Mariano ir de castigo. – O tom baixou. – Por isso é que mandaram ele cuidar da sauna. Se deixasse Mariano sair, ele ficaria no lugar.

– O que a senhora está dizendo é muito importante. O Argemiro precisa contar isso pra polícia.

A mulher continuou falando, como se não me ouvisse. Parecia muito calma agora.

– Eu tenho rezado pela alma do Mariano, coitado dele, coitado. E tenho explicado a Deus que meu filho agiu em legítima defesa. Se não tivesse feito o que fez, ele é que teria morrido.

– Eu entendo o que a senhora está dizendo, mas...

Começou o choro:

– Miro não queria prender ninguém na sauna, ele jurou pra mim. Foram os outros que votaram, que obrigaram. Ele é quem menos tem culpa, e é ele quem vai pagar? Só ele?

DIOGO ESTAVA SENTADO NO CAFÉ, folheando o livro sobre amizade, quando o lutador parou a sua frente, mudo.

– Senta, amigo.

O pitboy não sentou, e a expressão que seu rosto mostrava não era de simpatia. Diogo apelou para um assunto que certamente iria interessá-lo.

– Sabia que jiu-jítsu é arte?

– ...

– O jiu-jítsu nasceu na Índia com o nome de arte suave.

– ...

– E era praticado por monges budistas. Bacana, isso.

O outro sentou-se.

– Não sou teu amigo – disse, entre dentes.

De supetão, projetou o tronco por cima da mesa e, usando a mão direita em forma de concha, apertou o pescoço de Diogo com tanta naturalidade que as pessoas sentadas no café não notaram.

– Estou achando – continuou ele – que eu devia ter te matado naquela noite na Lapa. Quer que eu termine o serviço?

Por sorte, dois homens vieram falar com pessoas da mesa ao lado, e um deles viu a cena.

– Ei – disse assustado.

Contra a vontade, o pitboy soltou o pescoço de Diogo e estrangulou o ar. Como o homem permanecesse ali, disfarçando e olhando, o pitboy deu dois tapinhas no rosto de Diogo e se endireitou na cadeira.

– O ARGEMIRO PRECISA CONTAR essas coisas pra polícia, me deixa falar com ele – pedi.

Gritos histéricos:

– Olha aqui, sua cínica, meu filho não vai servir de bode expiatório. Não adianta que não vou dizer onde ele está.

Comecei a ouvir uma outra voz, voz masculina, falando com a mulher. O inspetor fazia sinais para que eu prolongasse a conversa. Prolonguei:

– A senhora tem razão. Estão tentando fazer com o Argemiro o que fizeram comigo. Mas o inspetor que está chefiando as investigações, o inspetor Alonso, não deixou que eu virasse bode expiatório. O Argemiro precisa depor, senão vão jogar a culpa toda nele. Como é que eu faço pra falar com seu filho?

A voz masculina agora estava na linha:

– Nós agradecemos o seu interesse, mas já estamos sendo aconselhados por um advogado criminal. Por favor, não telefone mais para esse número.

A ligação foi cortada.

DIOGO CONTROLOU O ENGASGO, abafou a tosse, esperou a respiração voltar ao normal.

– A polícia me fez perguntas, eu não disse nada. Nem de você nem do seu parceiro que está preso.

Tocou no livrinho que estava em cima da mesa, para introduzir o tema da amizade, e soltou um grito de dor. O pitboy tinha agarrado seus dedos e os torcia sadicamente. Diogo começou a gemer baixinho. O pitboy olhou para a mesa do lado, encarou firme o homem que já, de novo, espreitava, e soltou a mão de Diogo.

– Estou aqui como amigo – Diogo reclamou. – Você cometeu uma tentativa de homicídio em plena luz do dia, Ipanema, todo mundo viu. A polícia já tem seu retrato falado, isso é que eu vim te avisar.

– A cidade é grande. Como você me achou?

– Vi tua namorada na porta da academia. Mas não vou te acusar, não precisa ter medo.

O pitboy se enfureceu.

– Eu, medo? – Tornou a agarrar o pescoço de Diogo. – Não era pra vir atrás de mim. Não era pra tomar liberdade. Vou te destruir, verme. Sei onde tu mora...

– Parou, parou – disse o homem da mesa ao lado, agarrando o pitboy por trás.

– Polícia! – gritou outro homem.

O pitboy teve que soltar o pescoço do Diogo para enfrentar os policiais. Começou um princípio de pânico no café, com as pessoas levantando-se às pressas, umas para sair de perto, outras para entrar na briga. O pitboy acabou dominado. Ele e Diogo saíram do café com algemas nos pulsos.

DESLIGUEI O TELEFONE decepcionada por não ter conseguido falar com Argemiro. Mas Alonso parecia satisfeito com o resultado.

– Devagar as peças vão se encaixando – disse ele. – Agora ficou claro por que os estudantes continuam evitando relatar os trotes, mesmo sabendo que não vão ser expulsos.

Claro, não queriam que viesse à tona a truculência, o jogo violento que acabou resultando em morte. Com a nova chance dada pelo inspetor Alonso, passaram a admitir o consumo exagerado de bebida, para então afirmarem que não se lembravam de nada.

– Pelo que esse rapaz contou em casa – continuou Alonso –, os calouros aderiram aos veteranos no uso da força. Todos mandaram Mariano para a sauna, e o único que discordou, se é verdade que Argemiro discordou, foi obrigado a manter Mariano lá dentro.

Achei que ele tinha razão: os calouros se uniam aos veteranos contra o calouro da vez. Quando eu fugi do playground, tive a impressão de estar sendo caçada por muitos, talvez todos. Portanto, minha teoria que separava os estudantes da confraternização em duas categorias distintas, veteranos sádicos e calouros masoquistas, estava totalmente furada. E minha certeza de que os veteranos eram os únicos culpados da morte de Mariano também estava errada.

Agora, eu começava a ver que as coisas não eram tão simples, tão bem demarcadas como eu imaginava. Na verdade, os veteranos deixaram que todos participassem da diversão sádica. Talvez fosse a única maneira de impor humilhações aos calouros, que eram maioria. Por isso, muito pior que os trotes eram as covardias que vinham depois: a covardia de todos se juntando contra um, todos contra a vítima do momento.

– E se a mãe do Argemiro estiver mentindo? – perguntei. – E se ele tiver inventado essa história para os pais?

– Depoimentos falsos não encaixam no quebra-cabeça, porque não são peças perfeitas. Esse depoimento está se encaixando perfeitamente. O disque-denúncia nos encaminhou a informação de que a festa parecia um programa de auditório, com os estudantes torcendo e vaiando. E quando gritavam vai-vai-vai, lá ia um carregado.

O inspetor desconfiava de que se tratava da tal votação que acabou mandando Mariano para a sauna, de castigo. Procurou no computador a informação recebida e leu:

– Dez minutos antes de a festa acabar, houve uma mudança brusca no comportamento dos estudantes. Pararam com a gritaria e passaram a conversar em voz baixa, todos juntos.

Mais uma peça encaixada, pensei. A quietude repentina só podia ter como motivo a morte de Mariano.

E o depoimento dos PMs confirmava a informação do disque-denúncia. Na primeira vez em que estiveram no playground, constataram excesso de euforia e barulho. Determinaram aos estudantes que se contivessem, se desejassem continuar a festa. Na segunda, encontraram o ambiente em ordem. Mesmo assim, mandaram dispersar, e os estudantes obedeceram sem problemas.

O celular do inspetor tocou, e o meu também, logo em seguida. Ele atendeu e começou a dar satisfações sobre a investigação, notei que falava com a imprensa. Atendi o meu, era Jéssica.

Alonso desligou o celular e atendeu várias outras ligações. Eu continuava com Jéssica, tentando entender ou acreditar na história louca que ela contava. Quando perguntei, em total desespero, para onde estavam levando Diogo, quem respondeu foi o inspetor, que acabava de desligar seu telefone:

– Estão trazendo pra cá.

19

Enquanto esperávamos, o inspetor me contou que ele e o inspetor da 5ª DP tinham dito a Diogo que, possivelmente, os dois rapazes que o atacaram na Lapa eram os mesmos que tinham atentado contra minha vida. Quiseram levá-lo à delegacia para ver se reconhecia um deles, o que estava preso, e ouviram a lenga-lenga de que ele não tinha visto o rosto dos agressores e não era vingativo. O que o inspetor não conseguia entender era por que Diogo tinha ido se encontrar com o sujeito. Eu também não entendia.

Ao chegar, Diogo explicou.

Desde que viu aquela senhora falar da batata podre na televisão, não parava de pensar nela. Ficou desorientado ao ouvir que ela corria perigo e não havia vaga no programa de proteção à testemunha. Depois que Alonso e eu saímos, o desamparo daquela mulher começou a martelar em sua cabeça, e ele não pôde mais desenhar girinos. Nietzsche ensinava que amar o próximo era fácil, o bacana era amar o distante. Debateu o assunto com Jéssica e concluíram que aquela senhora representava o distante.

– Achei que eu tinha obrigação – Diogo desabafou.

– Obrigação de quê? – perguntei.

– De proteger pessoas ameaçadas, como você disse.

Alonso encarou-o com seu sorrisinho de desagrado, e eu com uma admiração imensa. Em um ano, dez meses e vinte e nove dias de namoro, era a primeira vez que Diogo me entendia.

O desagrado de Alonso aumentou quando Diogo começou a dar respostas sem pé nem cabeça às suas perguntas. Por exemplo:

– Levei vários eus comigo, porque eu não sabia que Outro iria encontrar. O meu eu que entrou na academia tinha um livro. Só que esse eu não encontrou no Outro o diálogo da não vingança e do amor ao distante.

– Diogo – tentei interrompê-lo.

Fez sinal que eu esperasse. Entregou um aparelhinho a Alonso e concluiu:

– O meu eu que entrou no café tinha esse gravador no bolso.

Parecia exausto. Jéssica já estava na delegacia e o levou para casa. Prometi que iria em seguida, tão logo terminasse o reconhecimento do motoqueiro.

Enquanto esperava, ouvi com Alonso a conversa entre Diogo e o pitboy. No final, ele não fez nenhum comentário. Estava mais preocupado com a investigação principal. Aproximava-se a hora de concluir o inquérito e precisava formar um juízo. Achava que, apesar de não terem saído de casa com a intenção de matar, todos os que estavam na cena na hora do crime tinham provocado a morte de Mariano.

Imaginou algumas sequências de fatos possíveis. Uma delas me convenceu. Era assim: um, Mariano, teimoso, luta com Argemiro para sair da sauna, momento em que ganha hematomas no corpo e um fragmento de lente no dedo. Dois, Mariano passa mal e cai, sentado. Três, Argemiro avisa e os estudantes perdem a euforia. Quatro, alguns vão à sauna e constatam a morte de Mariano. Cinco, todos discutem em voz baixa o que fazer. Seis, resolvem se comportar como se nada tivesse acontecido. Sete, decidem que aquele que dedurar os trotes e castigos será acusado pelos outros. Oito, Argemiro procura seus óculos na sauna e não encontra, porque estão debaixo do corpo que ele não ousa tocar. Nove, a polícia chega e os estudantes debandam estranhamente quietos, inclusive Argemiro sem óculos. Dez, o faxineiro acha o corpo, chama o porteiro, mexem no corpo, que cai para o lado, revelando uns óculos. O corpo é recolocado no lugar, e os óculos surrupiados.

Percebi que Edmilson tinha estado na 14ª DP prestando esclarecimentos. Alonso confirmou. Mas, nem o faxineiro nem seu Jorge, que foi ouvido em seguida, tinham vindo espontaneamente.

– E agora – perguntei –, o que você vai fazer?

– Já temos prova material para indiciar Argemiro. Se até a conclusão do inquérito ele confirmar o que a mãe disse, vou indiciar a todos por assassinato culposo.

– Você acha que ele vai se apresentar?

Alonso abriu seu sorriso sem alegria, que eu interpretei como um imenso não.

– Estamos investigando o paradeiro dele. Falei com o promotor, o mandado de prisão deve sair na segunda-feira.

Talvez o juiz concedesse também a quebra dos sigilos bancário e telefônico. O bancário, para localizar Argemiro, caso usasse cartão de crédito ou o caixa eletrônico. O telefônico, para levantar as ligações que ele havia feito após Gê Aquino ter-lhe dito que eu estava no prédio de Ipanema com Melissa, bisbilhotando.

– Gê Aquino? – tomei um susto.

Lembrei do meu colega Domingos sugerindo que Gê teria feito contato com os caras da moto, após ter me encontrado na portaria.

– Você descobriu que Gê ligou pro Argemiro?

– Eu não descobri, ele mesmo me disse. Eugênio Aquino é muito cooperativo.

Gê era muito esperto. Queria se passar por confiável, inocente, quem não deve não teme.

– Ele disse por que telefonou pro Argemiro?

– Disse. A empregada dele soube por uma outra que você não gostava dele e queria incriminá-lo. Quando te encontrou no prédio ficou preocupado e resolveu perguntar a um dos calouros se era verdade. Argemiro foi o primeiro nome que encontrou na agenda.

Eu não acreditava em nada daquilo, mas tive que engolir calada, porque era verdade. Davina tinha feito essa besteira. Eu odiava a esperteza do Gê, a sorte, a arrogância, odiava tudo nele. De vez em quando lembrava dele na festa, dizendo que tinha quatro anos de PUC e nós estávamos começando. Lembrava dele ameaçando: "Se alguém abrir o bico, vai todo mundo expulso. Eu acabo com quem fizer isso, estou avisando."

– Você não devia confiar nesse cara – eu disse.

Com seu estranho sorriso, Alonso explicou que no universo do crime, tudo era possível. Por isso se baseava nas versões, por mais ambíguas e traiçoeiras que pudessem parecer, para formular hipóteses. Mas, confiar…

– Só confio em provas materiais definitivas, irrefutáveis. Temos que investigar os fatos. Fatos concretos.

O telefone do inspetor tocou, ele se afastou para atender, mesmo assim, pude ouvir parte do que dizia:

– Pensei que fosse sair mais cedo. Eu sei, eu sei. Mais uma meia hora, no máximo.

Desconfiei que estivesse falando com alguém da família, filho, mãe, mulher, se é que era casado. Ou namorada. Alguém que sentia sua falta. Nisso, tocou o meu celular, era Melissa. Atendi no pique de contar que o motoqueiro estava preso, mas, em vez disso, ouvi uma história muito mais comprida.

– Que horror, Melissa, quando foi que isso aconteceu?

Tinha acabado de acontecer. Na Lagoa Rodrigo de Freitas. Como Alonso havia desligado o celular, coloquei o meu no viva-voz e fiz sinal para que ouvisse.

– Rodrigo parou num sinal vermelho – falou Melissa. – Na frente dos carros.

Claro, como todo motoqueiro. E aí dois caras surgiram do nada. Um encostou a arma nas costas dele, o outro puxou-o com brutalidade para fora da Harley Davidson. O da arma pulou na garupa e equilibrou a moto, o outro jogou Rodrigo contra um ciclista que pedalava na ciclovia. Antes que o sinal ficasse verde, antes que Rodrigo se livrasse das rodas da bicicleta, antes que qualquer pessoa pudesse fazer qualquer coisa, os assaltantes iam longe. No bagageiro da moto seguiram uma pasta contendo dólares, passagem e o passaporte do irmão de Melissa.

– Posso te pedir um favor, Eduarda?

– Claro.

Melissa estava atravessando o bairro de São Conrado em direção à Lagoa para buscar o irmão, que aguardava em um posto de gasolina. Ele queria falar com alguém da polícia. O segurança Schwarzenegger, que, por sinal, estava dirigindo a camionete, tinha uns conhecidos, mas ela, sinceramente, preferia que Rodrigo falasse com o inspetor Alonso.

– Estou na delegacia, Melissa, e Alonso está te ouvindo.

Alonso aproveitou o viva-voz e determinou:

– Pega o seu irmão e vem pra cá registrar a queixa.

– Obrigada – eu disse, depois de guardar meu telefone.

Minha cabeça embaralhava vários pensamentos. Eu me sentia útil, por estar conectando gente que eu conhecia. Ao mesmo tempo, culpada pelo que Rodrigo estava passando. Se não tivessem me metralhado no carro de

Melissa, ele não estaria de moto na Lagoa. Mas, principalmente, eufórica, porque o irmão de Melissa ia ter que engolir sua arrogância, seu código diferente, e entender que até executivos ricos como ele, blindados e segurados, precisavam da polícia.

O interfone tocou, estava tudo pronto para o reconhecimento. O inspetor se despediu de mim, avisando que eu não teria mais proteção policial. Concordei que não precisava.

O ritual do reconhecimento não levou dois minutos. Tão logo me liberaram, segui para a casa do Diogo. Só parei um instante na recepção, para falar com Melissa, que estava ali sozinha.

– Seu irmão?

– Entrou para falar com o inspetor. Não quis que eu participasse da conversa.

Mas Melissa sabia exatamente o que ele estava dizendo.

Tinha que viajar na segunda-feira para os Estados Unidos e para o Canadá, não dava tempo de tirar outro passaporte e conseguir os vistos. Estava pouco se lixando para a passagem, que bastava reemitir, para a moto, que tinha seguro, para o celular, que podia substituir por outro melhor, para os dólares, que deixaria para o ladrão ou para a polícia. Queria somente o que não tinha valor e não interessava aos assaltantes: seu passaporte. Como para ele valia e interessava muito, pretendia pagar o ladrão e recompensar os policiais que o ajudassem.

Ouvi aquilo me enchendo de raiva e pensando, idiota, insensível, arrogante. Por fim, fui embora. Na esquina, vi o segurança Schwarzenegger de terno vigiando a camionete blindada de Rodrigo. Peguei meu celular, desliguei, e desligado ele continuou até a manhã de segunda.

ERAM NOVE HORAS DA MANHÃ, quando entrei em casa. Pensava em tudo o que eu precisava fazer para estar às onze na PUC. Iria andando sozinha, pela alameda de fícus e sem o boné do Flamengo no encalço.

Vitória estava com tia Lu na sala.

– Eduarda, senta aqui, eu tenho uma coisa pra te falar.

Sentei, notando Vitória pálida e um pouco tensa.

– Sua colega da PUC, Melissa... O irmão dela, Rodrigo, foi assaltado na Lagoa.

Não entendi a gravidade da notícia.

– Ficou sem o passaporte – continuou Vitória. – Ele ia viajar hoje, aliás, ele vai viajar hoje...

– Então recuperou o passaporte? O inspetor Alonso...

– Pronto, é sobre Alonso que eu vim falar.

Esperei.

– Alonso orientou Rodrigo a telefonar para o seu próprio celular, que estava com os assaltantes.

Desconfiei que tivessem ligado da mesma sala e usando a mesma aparelhagem da minha conversa com os pais do Argemiro.

– Rodrigo negociou a compra do passaporte por cinco mil reais – Vitória continuou.

Marcaram encontro no estacionamento de um shopping. Além de proteger Rodrigo, Alonso pretendia prender os assaltantes. Três policiais, dentre eles Alonso, se esconderam na camionete do irmão de Melissa, outros três seguiram em outro carro. Depois que estacionaram no shopping e Rodrigo saltou da camionete com o dinheiro na mão, como combinado, os bandidos telefonaram, mandando que ele fosse para uma rua ali perto. Ele concordou e já ia voltando para o carro, quando alguém o chamou. Rodrigo reconheceu o assaltante, mostrou os cinco mil reais e perguntou se devia ir para a tal rua ou se fariam a troca ali mesmo. O assaltante se aproximou, meteu a mão no bolso e puxou uma arma. Diante desse fato inesperado, os policiais entraram em ação. Um deles atirou, conseguindo desarmar o assaltante. Os cúmplices revidaram, e durante o tiroteio, Alonso foi atingido na cabeça.

– Na cabeça?! – tive que repetir, porque aquilo não fazia o menor sentido. – Não, Vitória, o inspetor não fez parte dessa operação. Ele ia sair em meia hora. Ia pra casa, eu acho. Falou pra alguém da família, eu ouvi. Telefona pra casa dele, Vitória. Telefona?

– Alonso está morto, Eduarda. Foi assassinado.

Epílogo

Compro, leio e coleciono livros policiais. Sei que as boas histórias começam com um crime misterioso e terminam com a elucidação completa dos fatos.

Infelizmente, a que eu vivenciei não foi assim. Começou com uma morte misteriosa, acabou com o assassinato de um policial e nem tudo foi esclarecido. Basta dizer que Argemiro, principal suspeito do primeiro crime, continua foragido. E não se descobriu quem mandou dois caras irem me assustar, espancar ou matar na Lapa, nem quem os avisou de que eu estava no prédio de Gê Aquino. O juiz não permitiu a quebra do sigilo telefônico de todos os estudantes, e nos de Gê e Argemiro nenhuma evidência foi encontrada.

Interrompi minha história na revelação do assassinato de Alonso, porque as cenas seguintes são tão revoltantes que preferi não escrever: o irmão de Melissa decolando com o maldito passaporte e o caixão do inspetor descendo à sepultura.

CONTEI TUDO EXATAMENTE como aconteceu. Mudei nomes de pessoas e lugares, por motivos óbvios. Mas não mudei os fatos.

Depois da morte de Alonso, não voltei à 14ª DP. Desisti de ser delegada. Quase abandonei a faculdade. Fiquei péssima. Se não fossem Vitória, Jéssica e Diogo...

Vitória me obrigou a dar aulas de inglês aos policiais da Deat. Jéssica transformou em pôster o momento em que observo Alonso recompor a lente dos óculos. E Diogo, com a teoria de que eu era um cano entupido e precisava de um furo para continuar fluindo, me convenceu a escrever esse livro.

Escrever me fez bem. Apesar da perda de Alonso, continuo fluindo. Quando me lembro dele, não é mais em morte que eu penso, mas em tudo o que me ensinou durante nosso convívio. Penso uma coisa muito mágica: ele estava me preparando.

Decidi seguir a carreira policial e continuar o trabalho dele.